Scrittori

Laura Pariani

Tango per una rosa

Edizioni Casagrande

L'autrice ringrazia il Centre National du livre di Parigi
per il contributo alla realizzazione di questo libro.

In copertina: Marc Chagall, *Birthday*, 1915,
olio su cartone, 80,6 x 99,7 cm, dettaglio

Progetto grafico di Marco Zürcher

ISBN 88-7713-441-0

Tango per una rosa

Rosa, tu fiore in trono, per gli antichi
eri un calice dal semplice orlo.
Per noi *il pieno, innumerabile fiore*,
l'oggetto inesauribile.

Rainer Maria Rilke, *Sonetti a Orfeo*

La corriera

31 luglio 1944, ore dodici e vent...

Le pecore belavano di paura, ammassandosi negli stabbi. Tre vecchie, vestite di un nero così profondo da sembrare le figlie della Notte, sedevano sul pavimento di terra battuta della stalla in penombra; ciascuna teneva tra le gambe una bestia impastoiata. Le grandi cesoie non oliate stridevano nel tagliare, zic zac zic zac. Il dorso delle mani sudate scostava via via il vello rasato. Le tre discorrevano di chissacché e ridacchiavano, mentre le dita scure come legno parevano impugnare le cesoie per tagliare a caso, pelo più corto pelo più lungo, nella pausa delle chiacchiere. Al di là della porta della stalla, il calore intenso rendeva il cielo di un bianco opaco. A un tratto, zaaac, un colpo distratto, e una delle pecore prese a urlare di dolore: da una ferita netta sul petto spelato il sangue cominciò a colare arrossando la lana.

Con un sobbalzo Tonio si risvegliò di colpo provando una strana sensazione di terrore, ma non aprì subito gli occhi. Che fosse pieno giorno lo intuì dal colore rossastro della luce che filtrava attraverso le palpebre abbassate. Nel petto sentiva il cuore, tum tum tum, battere a colpi pesanti, quasi fosse sul punto di spaccarsi dalla fatica. Male dappertutto. Chissà se riesco a cavarmela anche questa volta, pensò. Perché, lasciando perdere il fatto che non aveva la minima idea di dove si trovasse – avvertiva un morbido sedile di pelle dietro la schiena –, di certo doveva essere completamente ubriaco, come mai era stato prima in vita sua. Pur nella confusione dei pensieri, si convinse però che non aveva nessun motivo di sentirsi in pericolo: eccetto che per il martellare del cuore e per il desiderio furioso di bere un whisky, la faccenda gli parve tutto sommato normale. Solo un sogno sgradevole.

Senza aprire gli occhi, cercò di mettersi comodo e strinse le labbra. Si sarebbe vergognato se qualcuno l'avesse visto dormire a bocca aperta, come un vecchio. Ché dai rumori e dalle scosse intuiva, pur senza aprire gli occhi, di essere su una corriera che stava percorrendo uno sterrato – chissà come e quando ci era salito – e sicuramente non era solo. Dormire a bocca aperta è segno di incapacità di controllarsi, pensò. Qualcuno – peggio ancora se ci fosse stata una donna tra i passeggeri – avrebbe potuto accorgersene. Sì, sarebbe stata proprio una figuraccia, se una donna l'avesse sorpreso a ronfare a bocca aperta.

Rivide la scena del sogno di poco prima, memoria giovanile di un viaggio con amici nel nord del Piemonte. Una valle così scura e incassata tra i boschi – Strona, gli pareva di ricordare – che all'epoca gli aveva fatto pensare a una bolgia dantesca: tre vecchie pecoraie, come tre Parche nere, e una bestia dissanguata per disattenzione.

Perché mai gli era tornato alla mente quell'episodio lontano?

Il veicolo diede di nuovo un sobbalzo, Tonio udì più chiaro il rombo del motore della corriera. Respirò profondamente, sempre a occhi serrati. Dunque ho preso un autobus, si sforzò di riflettere, senza riuscire a scacciare totalmente l'inquietudine del sogno. A fatica, ma dissimulando lo sforzo, si portò la mano alla fronte bagnata; finse di lisciarsi i capelli e palpò la tempia che gli doleva. Una fitta terribile. Di che si trattava? Un colpo? O il logico mal di testa, conseguenza di qualche ora di bisboccia?

Probabilmente l'uno e l'altro. Palpò un bernoccolo, doveva esserci l'ematoma. E se si fosse trattato di una commozione cerebrale? Era caduto? Rammentò tutt'a un tratto il volo di ricognizione quel mattino, il momento in cui virando aveva picchiato violentemente la testa contro il vetro. Quel piccolo ricordo gli procurò per un istante un sollievo inesplicabile. Si fece coraggio e socchiuse gli occhi: effettivamente stava su una corriera e era giorno pieno.

Dall'esterno, nonostante la tendina tirata, veniva chissà come una luce accecante che si riverberava sul bianco dei sedili. Fu come se gli esplodesse un razzo in testa. Al diavolo. Stremato, richiuse gli occhi. Si ributtò indietro sul sedile e subito altre questioni lo distrassero: quando mai aveva preso la corriera? dove aveva lasciato l'aereo? e, soprattutto, dove lo stavano portando?

Non trovando risposte, rabbrividì. Calma. L'importante era mantenere il sangue freddo, non agitarsi. Quell'incredibile dolore alla testa. Doveva essere ciucco perso. Cercò di sistemarsi meglio sul sedile e si sforzò di ricordare con ordine gli avvenimenti delle ultime ore. Di certo si era ubriacato la notte prima: c'era stata una specie di festa danzante al campo di aviazione, sotto un tendone che René Gavoille, il suo capo, aveva pomposamente definito «padiglione ricreativo». Un'orchestrina di quattro soldati musicisti, perfino un pianoforte. Una sequela di vecchi tanghi. Aveva ascoltato musica, ballato con un'ausiliaria dalle labbra carnose – come diavolo si chiamava? ah, sì, Violette – e naturalmente aveva ingollato non ricordava più quanti bicchieri di whisky. Quando poi al mattino era suonata la sveglia, si sentiva a pezzi. Aveva un vago ricordo del controllo ai motori, la routine dei documenti, la partenza. Del volo rammentava poco, tranne i dolori alle spalle e alla testa. Già, era troppo vecchio per volare su un Lightning, gli aveva detto quello stronzo di John Phillips: «L'età massima dei piloti su un aggeggio come questo dovrebbe essere trent'anni. I velivoli da guerra moderni sono come le ragazzine: né gli uni né le altre sono adatti a un uomo che invecchia». Imbecille d'un americano. Che andasse a farsi fottere.

Socchiuse gli occhi e rimase a guardare imbambolato un buco nel giubbotto all'altezza del cuore; nero e tondo come l'occhio di un pesce. Non riuscì a trovare una spiegazione. Quand'era tornato dalla missione, sicuramente nell'hangar aveva brindato col meccanico e gli altri aviatori: lo faceva sempre. Ma doveva essere ben ciucco se non ricordava più niente, neppure di essere salito su una corriera. Incredibile. Solo a questo punto si accorse di stringere nella sinistra il quadernetto nero da cui era solito staccare i fogli quando scriveva una lettera per Consuelo. Spesso di notte incideva sul dittafono dei lunghi monologhi e poi le inviava i dischi, perché lei sentisse i resoconti della giornata dalla sua viva voce; anche se, certo, una registrazione contiene sempre qualcosa di stridente: quando ti capita di riascoltarla più tardi, quasi non ti riconosci, pensò Tonio, hai l'impressione di scoprire cose che non sapevi di aver detto. Comunque la sera precedente non aveva avuto il tempo di usare il dittafono: prima la festa, poi il sonno improvviso e prepotente; insomma, niente messaggi. Solo sull'aereo, quando era già in volo, gli era venuta voglia di scrivere la lettera, e mentre era su Marsiglia aveva tolto di tasca il quaderno.

Tentò di mettersi in piedi per levare il giubbotto, così avrebbe potuto sentirsi più comodo, ma le fitte alla testa si acuirono. Poi un dolore lancinante al fianco sinistro. Si portò la mano al petto.

Si ritrovò tra le dita una fotografia: un ammasso di rottami d'aereo, l'incidente in Guatemala... Consuelo l'aveva obbligato a portarla sempre con sé per darle ogni tanto un'occhiata, a monito perenne contro le imprudenze. Il pensiero lo fece sorridere.

Ricadde pesantemente sul sedile. Come tutto pareva lontano: le preoccupazioni di Consuelo, quel tremendo incidente... Era stato nel '38, in febbraio, durante il tentativo ufficiale di aprire una linea aerea da New York alla Patagonia: quindicimila chilometri, un'impresa esaltante, tanto più che in quel momento gli risolveva gravi problemi di bolletta e lo allontanava per qualche settimana dalle scenate di Consuelo. Ché lei era gelosa di ogni donna, ma ancor più della sua passione per il volo. Ripeteva sempre: «Tu passi più tempo coi tuoi meccanici che con me». A proposito, chi c'era con lui, quella volta? Ah, sì, André Prévot, sul nuovo Simoun F-ANXK. Scalo tecnico in Texas e poi in Guatemala. Routine. Aveva lasciato a Prévot la responsabilità di riempire i serbatoi: quello stupido probabilmente aveva fatto confusione tra litri e galloni, sbaglio fatale in un aeroporto che si trova a 1.500 metri, un'altitudine per cui la rarefazione dell'ossigeno riduce la potenza del motore. Scrollò la testa: inutile dare tutta la colpa a Prévot; di certo lui stesso non era stato da meno quando alla partenza aveva trascurato di verificare il livello di carburante. Una leggerezza fatale. Insomma, si era schiantato ancora in fase di decollo. Dai rottami l'avevano estratto a pezzi, la mascella sfasciata, tutto il fianco sinistro in uno stato pietoso, tanto che ancor oggi – e il dolore di poco prima, cercando di togliersi la giacca, ne era l'ennesima prova – non riusciva a alzare completamente il braccio; cosa di cui beninteso si era ben guardato di avvertire i suoi capi, altrimenti addio voli, dato che l'handicap gli impediva tra le altre cose di usare il paracadute nel caso fosse stato colpito. Ma perché adesso questi pensieri così tetri?

Aprì il quaderno. Avvertiva un senso di svogliatezza, quasi uno svuotamento. Comunque si impose di cercare una penna e infilò le mani nel giubbotto: la destra fino a una piccola stilografica in fondo al taschino interno di sinistra, l'altra fino agli occhialetti rotondi sepolti nella tasca dei documenti. Palpò il peso di un piccolo libro tascabile che la notte precedente gli aveva regalato l'ausiliaria con cui aveva ballato. Gli aveva già dato un'occhiata, un gialletto, ricoperto di carta a fiori per proteggerne la copertina, come sono solite fare le lettrici un po' maniache; con una dedica svolazzante sulla prima pagina: «A Tonio, aspettando il suo ritorno, Violette». Sorrise tra sé ripensando con un pizzico di vanità alla piccola conquista notturna.

Solo a questo punto si guardò veramente attorno: la corriera era zeppa di soldati francesi con divise di varia foggia, aviazione, marina, fanteria. Tutti visibilmente stanchi, immersi in un silenzio nervoso. Somigliano a condannati che stanno andando davanti a un plotone di esecuzione, fu lo strano pensiero che gli traversò la mente. Pecore al macello. Chiuse gli occhi e deglutì con spavento. Palpò di nuovo il quaderno e la cosa sembrò ridargli un minimo di sicurezza. Basta pensieri cretini, Tonio, riprenditi.

Riaprì gli occhi. Nel corridoio avanzava verso di lui una giovane che indossava una divisa bianca, di un candore così perfetto che faceva quasi impressione. Un'infermiera? Chissà. Comunque aveva il fisico dell'infermiera che tutti i maschi sognano, statuaria e poco vestita sotto il camice. Tonio si aggrappò al bracciolo, liscio, freddo.

«Va tutto bene?» gli chiese premurosamente la ragazza, chinandosi su di lui. «Vous avez fait de beaux rêves?». I capelli biondissimi, quasi bianchi, le aureolavano il volto pallido da santa medievale. Un Cranach?

Qualcosa del sorriso di maman, pensò Tonio tra sé, quasi con le lagrime agli occhi. «Ho un po' di nausea», rispose.

«C'est normal. Succede a tutti dopo un volo come quello, figliolo» disse l'infermiera. Un'amabile volontà di persuasione nella voce. Come se cantasse. Una mano sul polso di lui, in un gesto tra l'amoroso e il materno.

Che l'avesse chiamato «figliolo» lo commosse; quasi gli avesse letto nel pensiero: anche maman, che in gioventù aveva preso il diploma di infermiera, era stata crocerossina di guerra.

Stranamente, mentre la giovane si allontanava per tornare al suo posto, si sentì rassicurato e allungò le gambe sotto il sedile anteriore. L'infermiera doveva avere ragione. Colpa di quel maledetto aereo da combattimento: più di quattro ore schiacciato in un sedile strettissimo, con l'ossigeno che ti manca per l'altitudine.

Dunque, se c'era un'infermiera, quella doveva essere un'Unità Medica. Di così grandi però non ne aveva mai viste. Certo era molto confortevole, se non fosse stato per tutto quel bianco: i sedili, il corridoio centrale, il soffitto stesso della corriera. Gli venne in mente un quadro di Friedrich: una scogliera di un candore abbagliante, su cui si arrampicano due figure viste di spalle. Un'esagerazione di bianco... Perché gli ospedali e le ambulanze sono sempre di questo colore? Il bianco stanca, i medici dovrebbero saperlo. O forse si potrebbe pensare che il colore sia scelto di proposito perché i malati si addormentino e non disturbino il personale: che non aprano gli occhi e, se succede, che si convincano che è meglio richiuderli. Ma, se sono su un'Unità Medica, significa che sono ferito...

Sospirò. In fondo non gli importava granché: quando gli fosse passata la sbornia, avrebbe indagato.

Aprì il quaderno, passò le dita sul primo foglio quadrettato, si sforzò di pensare alla maniera di cominciare la lettera per Consuelo, ma il tragitto si era fatto all'improvviso turbolento. I trabalzi della corriera si confusero per un attimo coi colpi furiosi del suo cuore. Che stava succedendo? Tirò la tendina e si protese per guardare dal finestrino. Strano, non c'era niente da vedere, una terra desertica, la Corsica non poteva essere, piuttosto l'Algeria, ma la cosa non era possibile: non avrebbe mai avuto il carburante sufficiente per tornare alla base centrale. C'era evidentemente un vuoto di ore nella sua testa. Ricordi vaghi, che non riusciva a decifrare. Guardò l'orologio. Segnava le dodici e ventidue. Ma che giorno era? Oddìo, che sbronza colossale.

Un'immagine lontana: la casa in Provenza sulle aride colline des Maures, corridoi di ombre sinistre, il soffio angoscioso del mistral, lui che correva nella camera della balia austriaca gridando un nome, «Paula!», i parenti – signore grasse, mai viste, e vecchi nobiluomini circonfusi di un intenso profumo di colonia – che arrivavano a frotte e riempivano le stanze di tetri bisbigli di condoglianze per la morte di papà... Quando i visitatori se ne andavano, carezzavano i bambini sulla testa, ripetendo varie volte: «Poveri piccoli!». Ché Tonio, che ancora non aveva quattro anni, si chiedeva cosa mai ci fosse di tragico nel morire di cui sentiva sussurrare negli angoli: suo padre non era morto, gli aveva spiegato la zia, stava in cielo, volava tra gli angeli. E quando i visitatori si premevano il fazzoletto sul viso sussurrando: «Pauvre orphelin...», Tonio faceva una faccia seria, per rispetto, si sforzava di piangere come tutti si aspettavano da lui, ma dentro di sé sorrideva pensando al segreto di avere un padre volante. Nelle settimane successive i parenti tornavano alla carica: «Ti ricordi, n'est-ce pas, de ton pauvre papa?», e bisognava rispondere di sì, anche se la memoria era vuota.

Sospirò: perché gli tornavano alla mente quelle scene lontane, mentre non riusciva a ricordare gli avvenimenti di qualche ora prima?

Di nuovo, con sforzo, si impose la calma. La memoria era bizzarra, lo sapeva. Quando, dopo l'incidente in Guatemala, aveva passato un paio di mesi all'ospedale con la febbre alta – il corpo ridotto a un'unica piaga – il delirio gli aveva risvegliato strani ricordi infantili. Consuelo gli aveva raccontato che per settimane aveva farfugliato che gli portassero una «toile souveraine» ma, una volta recuperata la lucidità, era poi stato incapace di spiegare quella singolare richiesta. Solo l'anno dopo, a Lyon, mentre scendeva da una funicolare vicino alla casa della sua infanzia, aveva visto un vecchio manifesto pubblicitario dove era ancora leggibile una sbiadita réclame: «La toile de Bon Secours, souveraine pour les plaies et les brûlures». Che scherzi ti fa il cervello, pensò.

Con una lunga occhiata fece lentamente il giro di quella strana corriera. Così bianca e pulita. Eppure, arricciando il naso, in mezzo a quell'ordine apparente Tonio percepiva fantasmi olfattivi di gasolio, di carne bruciata, di sangue. Sono odori che mi sono rimasti nel naso, si diede da sé la spiegazione.

Si ritrovò a pensare a un canneto della sua infanzia provenzale, di fianco a un piccolo cimitero, bianco e abbandonato, sul pendio di una collina. La terra fresca e cedevole sotto i piedi scalzi; il gracidare delle rane che tacevano quando lui avanzava di un passo; il frusciare delle alte canne al vento. E, dall'altra parte del muretto che cingeva le tombe, lo stormire dei cipressi sopra le fosse vuote; misteriosi buchi che trasudavano acqua e riflettevano come specchi il suo viso di bambino. A volte gli capitava di passare interi quarti d'ora assolutamente immobile, in attesa che una lucertola si affacciasse da una crepa del muretto; una pietra in mano, pronto a tirare. Il sole picchiava nel doppio silenzio dell'aria calda e della terra nera, sotto la quale si erano decomposte ossa antiche. Tanta pace, troppa. La brezza, a tratti, portava un vago odore di morti.

Forse sarebbe stato meglio chiamare l'infermiera: aveva una sete terribile. Fissò ancora, come incantato, il piatto biancore della zona che la corriera stava attraversando. Una pianura innevata? Impossibile. Un deserto di sale? Gli era capitato di vederne in Sudamerica... Con un dito sfiorò il vetro del finestrino e provò uno strano brivido: probabilmente si trattava di un materiale di nuova invenzione, in guerra una ne pensano e cento ne fanno; un vetro protettivo speciale, ché fuori il sole doveva essere abbagliante ma il vetro era gelido.

Probabilmente fu a causa di tutto quel bianco, o forse fu per la sensazione di freddo che gli si era insinuata nelle ossa, che Tonio ripensò a una lontana esperienza argentina, quando durante uno dei suo atterraggi in Patagonia l'avevano invitato a una breve escursione su uno dei grandi laghi preandini ghiacciati, con l'imbarcazione di una spedizione scientifica tedesca. Tutt'intorno, fin dove giungeva la vista, il ghiacciaio entrando nell'acqua si sfaldava – quasi esplodeva – in enormi blocchi. Era sceso nel ventre dell'imbarcazione e, da dietro la parete metallica, aveva udito da vicino il rumore che il fenomeno produceva: come il sonoro di un film di fantasmi, con sibili, cigolii, soffi, effetti di basso; e la persona che l'accompagnava gli aveva detto ridendo: «Senti? Noi la chiamiamo "la voce del tempo"...». Stranamente poi, una volta risalito sul ponte, aveva notato che all'esterno non si percepiva altro che un leggero e continuo scricchiolio, come quando si lacera un pezzo di seta.

Di una cosa comunque era sicuro: il paesaggio esterno sembrava nessun posto.

Prima lettera

È una sensazione stranissima, Consuelo. Non sono più sul ricognitore, come stamattina, eppure mi sembra ancora di contemplare il mondo da una grande distanza. Non sei con me, eppure ti vedo che mi volti le spalle seduta nel cerchio di poltrone del Centro Francese degli Amici dell'Arte a Buenos Aires: sei qui, pieghi all'indietro la testa in una risata elettrica, sorridi nella specchiera finto rococò che occupa la parete di fronte, e al di là della tua bocca di rosa rossa,

Rose is a rose is a rose is a rose,

ci sono altri volti ancora più lontani – è così breve la nostra stagione – e sorrisi che pensavo perduti per sempre, altri sguardi e vite possibili. Ci penso in questo momento con nostalgia e una sorta di strano spavento. Di colpo mi torna la memoria di me bambino, nel giardino del castello di La Môle, sulle colline nell'entroterra di Saint-Tropez dove mia madre aveva passato l'infanzia, sento una voce che dall'alto della scalinata chiama:

– Tonio, è pronto in tavola.

Rivedo la vetrata del salone dove maman si ritira di pomeriggio a ricamare, io che la seguo dappertutto con la mia poltroncina in miniatura, reclamando senza sosta la sua attenzione perché mi racconti una di quelle terribili storie della Bibbia che mi fanno tremare: la morte di Assalonne, per esempio, o la caduta di Gerico o la volta che Giuditta tagliò la testa a Oloferne; e lei:

– Tonio, per favore, va' a giocare con le bambine in giardino.

Allora io, per vendicarmi della sua disattenzione, entro in camera di maman per aprire i pesanti cassetti del comò e palpare la sua biancheria, frugando, odorando dalla porta semiaperta dell'armadio i sacchetti di lavanda disseminati tra le sue sottane, mentre dagli specchi un altro bambino uguale a me spia le mie manovre.

Oppure mi sembra di rivedere mia sorella Simone che sul finire della cena si mette un dito sulle labbra facendo calare intorno al tavolo un silenzio d'attesa; poi si toglie i sandali e monta sulla sedia a recitare una poesiola: che lo spettacolo cominci... Come sono teatrali i momenti iniziali. Pensavo la stessa cosa ieri sera, mentre tutti gli uomini della nostra base in Corsica aspettavano lo spettacolo annunciato, con una gran voglia di metter da parte per qualche ora la guerra, la sirena dell'allarme, le missioni che oggi ci sarebbero toccate; i quattro musicisti dell'esercito si sono accomodati ai loro posti e uno di loro si è inchinato alla platea dicendo a tutti:

– Bonne nuit,

dicendomi:

– Bonne nuit.

Già. I momenti iniziali. Ché, nei trabalzi di questo strano tragitto in corriera, mi torna alla mente il tuo primo sguardo, quella sera a Buenos Aires, la tua voce densa come il velluto rosso della poltrona su cui stavi seduta, che si alza appena di un tono per dirmi:

– Buenas noches.

I tuoi capelli ala di corvo, gli occhi traversati da un'ombra, la mano rivolta verso l'alto, quieta come se aspettasse un dono. Tutta la scena mi è tornata in mente in ogni suo minimo dettaglio proprio ieri notte, mentre i musicisti attaccavano un tango e la voce del cantante cominciava a scorrermi con un brivido giù per la spina dorsale:

Tengo miedo del encuentro
con el pasado que vuelve
a enfrentarse con mi vida...

Com'è tutto spaventosamente evidente in questo momento, Consuelo, com'erano giuste e vere le parole di quella canzone. A ripensarci gli occhi mi si riempiono di lagrime: sono sentimentale, un po' per quel tango, un po' perché tu non sei qui con me. A quest'ora magari starai nel nostro salotto newyorchese, circondata da quei tuoi spasimanti insopportabili e paludati. Proprio come quella prima volta in Argentina, mentre i tuoi amici francesi davano una festa in tuo onore, lo champagne nel ghiaccio del secchiello trasudava, e ti presentarono:

– La veuve de Gómez Carrillo.

Bella da morire; i seni giovani, alti, orgogliosi. Invece io quella sera ero più brutto anatroccolo del solito; neppure rasato, arrivato proprio allora da un volo di due giorni e due notti per conto della Compañía Aeropostal Argentina. Ti chiesi se desideravi qualcosa di particolare e tu rifiutasti dicendo che per il momento eri impegnata nell'osservare «l'avventuroso pioniere dell'aviazione»; e ridesti, forse un po' troppo forte.

Ti contemplavo pensieroso, pensavo a quanti uomini «avventurosi» avevi lanciato quella tua occhiata così particolare, non osavo dire altro, il mio desiderio di te si perdeva nel frastuono del ricevimento – chiacchiere a vuoto, presentazioni, strette di mano – come se stessi girando lentamente la manopola di una radio e, una stazione dietro l'altra, captassi borbottii, battute musicali, spizzichi di discorsi.

...tengo miedo de las noches
que pobladas de recuerdos
encadenan mi soñar...

Sotto il tendone del padiglione ricreativo, ieri notte i soldati seguivano con grande attenzione la musica, quella voce che cantava per tutti noi:

tengo miedo de las noches,

qualcuno s'è anche messo a ballare, c'erano poche donne purtroppo, se ci fossi stata tu avresti spopolato e io avrei sicuramente sofferto una terribile crisi di gelosia,

tengo miedo de las noches,

tutto nella memoria sembra chiaro: tu seduta su quella poltrona rossa, le spalle nude nel riflesso della specchiera, un filo di perle ti brilla intorno al collo, e mi porgi con enfasi la mano inguainata in un lungo guanto di tulle nero, come se mi donassi un gladiolo stregato,

– offerta sensuale di una mano, che amplifica la saetta dei tuoi occhi scuri –

e io stringo le tue dita sottili, tu rispondi con un tocco leggero, rapido, quasi una carezza o un messaggio tutto per me; poi, mentre gli altri accennano alle cosucce che ho pubblicato, tu allunghi l'altro braccio per posare il bicchiere di cocktail sul piano di marmo del tavolino, prendi da una scatola un cigarrillo, mi rivolgi il viso, zigomi sporgenti e occhi allusivi, e dici:

– Lei deve scrivere un libro su di me. Ma che sia un romanzo, caro Saint-Ex, mica soltanto una poesia. Perché a me piacciono le storie lunghe, di tante pagine, così che per settimane l'emozione della lettura mi accompagni, riempia il mio vuoto,

con una voce di ala leggera, rondine, farfalla, libellula.

E io:

– Mia bella e affascinante señora, come potrei scrivere un romanzo per lei? Non ci riuscirei mai, non ne ho il tempo col lavoro che faccio: sono soltanto un aviatore.

Ti ricordi, Consuelo? Lo misi subito in chiaro, fin dalla prima sera, che la mia vita era legata al volo: allora nell'aviazione postale, adesso in guerra, comunque gli aerei sono sempre stati il mio destino.

Eppure stringevo la tua piccola mano con foga amorosa, sentivo le tue dita attraverso la stoffa del guanto, già ti desideravo.

Cara, sarebbe stato davvero fantastico se tu fossi stata qui ieri sera, quando i musicisti hanno finito il primo pezzo, e tutti applaudivano il cantante che attaccava un altro tango, più lento:

Percanta que me amuraste
en lo mejor de mi vida,
dejandome el alma herida
y espinas en el corazón...

Per me era una musica familiare, ma non solo: c'era in quel tango qualcosa che mi turbava. Cerco adesso di ricordare le parole esatte, ma non era il testo a procurarmi quello strano miscuglio di nostalgia e tristezza. Era qualcosa di oscuro, chissà che paura o presentimento. Come adesso: nella testa mi si incrociano immagini sfuocate e rivedo, come un'ossessione, la sala rossa del Centro Francese di Buenos Aires, la forma perfetta delle tue spalle, il colore del velluto delle poltrone intenso come il tuo rossetto. Nella memoria mi si disegna il tuo polso magro, l'orologio costoso, dono forse di qualche ammiratore segreto.

Buffo, mi viene in mente quella volta, era un'estate torrida – 1912 o giù di lì – quando, durante una delle nostre scorribande infantili in collina, mia sorella Simone perse l'orologino che le era stato regalato per la prima comunione; allora io, con determinazione ostinata, nonostante il pomeriggio infuocato, ripercorsi da solo la strada, chilometri e chilometri: ritornai quando ormai era notte, sfinito e furioso di non averlo saputo ritrovare, quel dannato orologio da polso.

Ecco la tua mano, nel guanto nero che ti arriva oltre il gomito, un lembo di pelle tra la fine del guanto e l'inizio del vestito, il profumo di cannella che sale dalla scollatura mentre mi chino su di te a dirti:

– Non sono uno dei fini intellettuali a cui lei è abituata, Consuelo, sono un aviatore, vivo freneticamente, ché adesso stiamo cercando di sviluppare la corrispondenza aerea in Sudamerica: si lavora duro per l'avvenire, o almeno lo spero, ma niente di avventuroso.

Ricordi? te lo dissi subito che ero insoddisfatto del mio incarico di ispettore, un lavoro a tavolino, successione di giorni uguali a quelli di Gregor Samsa, il mestiere più rognoso del mondo; fin da allora il mio più vivo desiderio era tornare a volare. Figurati che a Buenos Aires l'unico momento esaltante veniva quando qualcuno dei piloti si ammalava, ché allora correvo a sostituirlo in servizio. Ti spiegai:

– Giorni interi senza potermi muovere dall'aeroparque, attaccato ai bollettini meteo, con l'angoscia perché si è perso un contatto radio. Come posso avere tempo per scrivere qualcosa d'importante, che resti sul serio?

È vero che c'era stato un libro, *Courrier Sud*, l'avevo scritto cinque anni prima, j'étais bien jeune, un fiasco totale, avrà venduto sì e no tre copie, una a mia zia, l'altra a mia sorella e una terza a un'amica d'infanzia, proprio una faccenda ridicola, da dimenticare. Niente fantastici fiori dello spirito. No. A voler essere ottimisti, uno come me poteva scribacchiare qualche verso in onore del tuo sguardo malizioso o di quella fragranza di cannella che ti aleggiava intorno.

Allora tu sei scoppiata a ridere – tenerissima, un petalo di rosa – ribattendo:

– Mio caro Saint-Ex, se davvero vuole diventare uno scrittore importante, qualcosa nella sua vita dovrà necessariamente cambiare.

Non sapevo cosa rispondere, in testa avevo il tuo profumo speziato, più avanti anche col passare degli anni non l'hai mai cambiato: mi riempiva le narici quando ti svestivo, febbrile, e le coperte in un attimo erano a terra, ai piedi del letto,

y espinas en el corazón.

Ché, fin dalla prima sera, avrei voluto buttarmi in ginocchio ai tuoi piedi, abbracciarti i fianchi e giurare:

– Se vuoi, scriverò un capolavoro per la rosa che sei, sarà solo per te, mia Consuelo, mia consolazione, corazón, rosa, amour, douleur.

Certo, affiancare al tuo nome la parola «dolore» è qualcosa che mi fa male, come guardare la mano sporca del proprio sangue che esce da una ferita aperta sulla tempia; come pensarti lontana e irraggiungibile,

y espinas en el corazón,

tu, mia bellissima, che fin dal primo momento hai sciolto il ghiaccio del mio letto da scapolo, trasformandolo in stagno di tiepide acque increspate. Ma allora cosa c'entra adesso questa voce – imperativa, feroce, ingiusta – che viene a interrompere la litania gloriosa delle memorie, chiamandomi da una scalinata lontana:

– Tonio, è ora di andare a tavola,

cosa c'entra?

Il miglior whisky

31 luglio 1944, ore dodici e vent...

Che sete spaventosa, pensò Tonio. Si passò la mano sulla fronte sudata e fredda. Il fuoco in gola.

Non aveva ancora finito il pensiero, quando nel silenzio della corriera – tutti dormicchiavano o guardavano con aria assorta fuori dal finestrino – si udirono dei passi. Era l'infermiera che veniva verso di lui, tenendo in mano un grande bicchiere in cui Tonio sentì tintinnare dei cubetti di ghiaccio.

La giovane gli sorrise dicendo: «C'est pour vous».

Un brivido di piacere gli scese lungo la spina dorsale quando ebbe portato il bicchiere alle labbra. Whisky di marca, come piaceva a lui. No, non siamo su un'Unità Medica, pensò: questa non è un'infermiera normale, che razza di infermiera ti servirebbe un whisky doppio su una corriera dell'esercito?... Comunque, perché preoccuparsi? Finché qualcuno badava a soddisfare i suoi bisogni e il beveraggio era di prima qualità, che bisogno c'era di farsi domande stupide? Lo sfiorò il dubbio che fosse da pazzi bere nello stato in cui si trovava. E allora? Che importava ormai?... Bevve d'un fiato. Alzò il bicchiere e disse: «Un altro», non proprio seriamente, così, tanto per dire.

Homme de peu de foi, si disse, vedendo la ragazza che, ridendo con aria complice, tornava con un nuovo bicchiere. Di sicuro non si trattava di un'infermiera. Gli venne da pensare piuttosto a una di quelle cameriere dei locali notturni, abile a riconoscere il bisogno alcolico dei clienti.

Sarebbe stato perfetto poterle dire sfacciatamente: «Mi faccia il favore, tra dieci minuti me ne serva ancora», ma si trattenne. Provò comunque una sensazione di pace. Oggi è il mio giorno fortunato, pensò. Ebbe voglia di ringraziare la vita. «Accidenti, che razza di corriera!» disse forte. Alcuni dei suoi compagni di viaggio si voltarono a guardarlo. Facce pallide, sorprese.

Diede una scorsa veloce a quanto aveva scritto, ma non ne fu soddisfatto. Sospirando strappò i fogli dal quaderno e li appallottolò. Tutto da rifare. Comunque aveva tutto il tempo per riscrivere la lettera a Consuelo e alla prima fermata l'avrebbe spedita. Più tardi avrebbe letto il libriccino che gli aveva regalato Violette la notte precedente. I gialli sono una grande risorsa quando non si vuol pensare. Un mese prima era andato a Tunisi, al battesimo del figlio di René Gavoille, il suo capo. Era così depresso in quei giorni: Consuelo non si faceva viva, neanche una riga di saluto. Finché qualcuno alla base gli aveva regalato un poliziesco. Aveva letto nella jeep che lo portava all'aeroporto, letto all'arrivo mentre il meccanico preparava il velivolo, letto già sull'aereo mentre qualcuno andava a cercargli il termos di caffè che per distrazione aveva dimenticato. Si era rifiutato di lasciare a terra il volumetto, con la scusa che gli mancavano poche pagine e era decollato col libro sulle ginocchia. Naturalmente in volo non poteva leggere, ma una volta arrivato a Tunisi, stupì tutti facendo per venti minuti il giro sopra l'aeroporto: prima di atterrare voleva sapere come andava a finire la storia.

Scrisse un'altra volta l'intestazione, lentamente, mettendo una certa cura nel tracciare ogni parola, evitando gli scossoni della corriera; si sarebbe potuto dire che lo facesse quasi con amore, se non fosse stato per la necessità di calcare la penna sulla carta e per l'abitudine di digrignare i denti, come sempre quando si concentrava.

Alzò la testa dal foglio, gli pareva che qualcosa fosse cambiato. Era infatti scomparso il sole. Di nuovo, sollevata la tendina, guardò fuori e restò sbalordito: dove prima stava un deserto di biancore, adesso c'era una selva; o qualcosa di simile. Un cielo incupito e una selva, ma guarda... Che mi sia perso anch'io *nel mezzo del cammin di nostra vita*? Fece appello alle sue nozioni di geografia, ma non riuscì a venirne a capo. Comunque probabilmente si trattava ancora di un altro degli effetti di quella sua ciucca bestiale.

Guardò nuovamente l'orologio: doveva essersi fermato perché segnava ancora le dodici e ventidue. Oppure... Ebbe la strana impressione che il tempo si ritraesse da lui, come lo scorrere via della sabbia sotto i piedi, quando l'onda rifluisce.

Basta, lasciamo perdere la faccenda dell'ora e della destinazione finale di questa corriera, si disse. L'importante era scrivere la lettera e spedirla. Quando la sbornia fosse passata, probabilmente non avrebbe più avuto il coraggio di confessarsi pienamente a Consuelo.

Chiuse di nuovo gli occhi stanchi. La voglia di riposare in un'immobilità infinita. Perché si sentiva così inquieto?... Un'immagine lontana, del collegio dei Gesuiti. Il momento in cui, una volta al mese, secondo il punteggio ottenuto in condotta, il professore assegnava i posti a sedere. Allineato con i compagni contro la parete, la cartella sotto il braccio, Tonio tendeva l'orecchio alla voce che scandiva i nomi, e provava vergogna se ripensava alle sue valutazioni – politesse: «e», application: «ei», conduite: «i» – ripromettendosi per il mese successivo di essere docile, per non dover sedersi nelle ultime file, nei posti meno onorevoli. Ma ormai era fatta: i primi banchi già occupati, e così pure i secondi e i terzi. Alla fine, a testa bassa, stringendo al petto libri e quaderni, gli toccava mettersi a sedere in uno dei posti in fondo... Pagelle, voti, attestati. E la mente – strane le associazioni di idee – gli riportò immagini del rito del passaggio dell'equatore, sul transatlantico diretto in Sudamerica. Non ci fu verso che gli venisse risparmiato il «battesimo»: tre marinai travestiti da fantasmi irruppero vociando nella sua cabina, lo bendarono e lo trascinarono quasi di peso fino al salone delle feste, tappezzato di drappi bianchi per l'occasione. Gli tolsero la benda. Sul palco, dove la sera suonava l'orchestrina di bordo, sedeva il capitano vestito da Nettuno – corona, tunica e tridente – circondato da alcune delle più belle passeggere di prima classe, vestite – svestite? – da ninfe marine. Il capitano ordinò a Tonio di inginocchiarsi e di ripetere una solfa senza senso; poi gli impose di sollevare coi denti una mela dal fondo di un catino pieno di farina. Alla fine, dopo un breve discorso che suonava però molto solenne, gli fu consegnata una pergamena che attestava l'avvenuto superamento dell'equatore. Vedi un po' che scemenze mi tornano in mente, borbottò tra sé.

Ebbe appena il tempo di formulare questo pensiero che qualcosa di terribilmente pesante sembrò abbattersi sopra le sue spalle. Un sapore metallico e acido, di sangue, in bocca. Gli parve di soffocare. L'impressione di essere legato e di non poter fare il minimo movimento. Una sensazione di asfissia e di estrema angustia. Nuovamente il dolore lacerante al petto. Ruotò gli occhi in cerca di aiuto, guardandosi intorno come al rallentatore. Non starò per caso morendo, si chiese.

No, non era morto. Il respiro tornava. Che esperienza orribile. Quando fosse arrivato a destinazione, doveva farsi visitare da un medico.

Sbirciò i compagni di viaggio: parevano tutti appisolati, il volto riverso sul poggiatesta. Non ne conosceva nessuno. Per un attimo gli passarono davanti agli occhi i volti degli equipaggi di cui aveva fatto parte. Quante squadriglie scomparse in battaglia. Mi sembra di non avere più amici, pensò: io sono il solo che resta del gruppo che ai tempi d'oro faceva Casablanca-Dakar; la grande équipe dei Collet, Reine, Lassalle, Beauregard, Mermoz, Étienne, Simon, Lécrivain, Ville, Verneilh, Pichodou, Guillaumet. Povero Henri, abbattuto col suo Farman. Sospirò: tutti coloro che avevano percorso insieme a lui quella rotta erano morti. Più nessuno con cui condividere certi ricordi. Me voilà vieillard, sdentato e solo. Si dice che il tempo guarisca i dolori. Balle. Rien n'était guéri.

Pure dell'avventura sudamericana della Compañía Aeropostal era rimasto l'unico superstite. Argentina, Buenos Aires... Ricordò con nostalgia il momento in cui ogni mattina, quando rientrava da una nottata all'Aeroparque, oscurava i vetri del piccolo appartamento al sesto piano della Galería Güemes: lo faceva per escludere dalla vista la grande città ostile. Proprio per dimenticare Buenos Aires aveva scritto *Vol de nuit*. Un libro sul volo notturno; e, nel suo senso più intimo, un libro sulla notte. Sognando i cieli perforati dal Laté 28. L'avventura è la dimensione migliore dell'essere umano, rifletté. Si sentiva così eccitato quando gli capitava di pilotare l'aereo tra Bahía Blanca e Comodoro Rivadavia: la sconfinata distesa di quei tavolati vasti come un oceano gli produceva nell'animo un senso vago e piacevole di infinito; le angosce si quietavano... I cieli maestosi della Patagonia, ora tempestosi di nubi fosche che all'orizzonte si accavallavano in una galoppata furiosa, ora soffusi di delicate tonalità di lilla e di gialli. E quei paesini patagonici di baracche dai tetti di lamiera ondulata tinti di azzurro, tra cui si aprivano stradine che somigliavano a stretti corridoi ingombri di neve sporca, percorse più da cani randagi che da persone. Sorrise ripensando al vecchio indio che una sera gli aveva recitato un lungo rosario di espressioni per designare i vari tipi di neve: quella che si indurisce a crosta; la fresca, fina e farinosa; la neve umida e pesante; oppure quella alzata dalla tormenta di vento... Senza contare le illusioni ottiche che in quelle regioni estreme sono così frequenti. Una volta, per esempio, sorvolava tranquillo i vulcani delle isole oltre il Canale Beagle – naturalmente portava gli occhiali scuri, altrimenti il sole di quelle latitudini gli avrebbe riempito gli occhi di macchie bianche e la testa gli si sarebbe fatta di piombo – quando all'improvviso fu accecato da cinque soli simultanei, allineati in orizzontale. Un incantesimo a specchio, che durò un buon quarto d'ora, dopodiché tornò a brillare un unico sole, quello autentico.

Eh, sono tante le impressioni straordinarie quando si vola, sorrise tra sé. Ché, dall'alto dei cieli della Patagonia, il paesaggio assumeva un aspetto magico: i crateri degli antichi meteoriti, da cui ai tempi dei tempi gli indios estraevano il ferro per le loro armi, erano circoli perfetti tracciati col compasso; le cittadine della costa sembravano greggi di bianche pecorelle; perfino Buenos Aires, di notte, arrivando in volo, aveva il suo fascino: diventava un reticolo di luci, come un tesoro luccicante sul fondo di un mare nero.

Ebbe l'impressione di essere risalito indietro nel tempo, quando rientrava coi suoi fratelli e sua madre da una visita ai parenti. Nell'auto, la testa reclinata sul sedile o sulla spalla di una delle sue sorelle, la mente cullata dal ronzio del motore. Come se gli anni non fossero passati, o l'infanzia fosse tornata. Poi, di seguito, l'immagine della vecchia pecoraia della valle Strona, con le cesoie insanguinate.

Uno scossone della corriera lo riportò alla coscienza. O, perlomeno, la testa era sveglia, mentre il corpo pareva essere rimasto addormentato: il battito del cuore e il mantice dei polmoni stavano funzionando a ritmo molto lento.

L'infermiera gli passò accanto sorridendo, diretta a un passeggero delle ultime file. Bella lo era di sicuro. Ma non le avrebbe mai fatto la corte. Anche se la scollatura su quelle tette lattee – ché sicuramente non portava reggiseno sotto la divisa – incitava a farci un pensierino. Strano non averne voglia, doveva essere proprio stanco. Non sono per niente in forma, si rammaricò. Ma anche gli altri militari che affollavano la corriera non sembravano colpiti dallo splendore della ragazza. Ché normalmente in guerra si guarda con avidità ogni figura femminile che ci capita di incontrare e, ciascuno alla sua maniera – diretta e loquace per alcuni, allusivamente obliqua per altri – ci si butta a fare avances, pensò Tonio. A volte gli era capitato che la concupiscenza che leggeva nello sguardo degli altri maschi l'avesse spinto a corteggiare una donna. Come nel caso di Consuelo, quando l'aveva vista per la prima volta alla festa data in suo onore a Buenos Aires: ché, anche se uno non desidera particolarmente una certa donna, l'avvertire lo sguardo voglioso di un altro gli dà l'idea, lo stimolo, quasi il comando di desiderare. Invece adesso l'inquietudine della strana situazione che stava vivendo non lo incitava a nessuna strategia di seduzione. Quasi guardasse l'infermiera da dietro un vetro a prova non solo di proiettile ma anche di pulsioni.

Diamine, che succedeva su quella corriera? Erano tutti intontiti per l'effetto di qualche medicinale? E stamattina com'è andata? Era strano quel vuoto di memoria. Vediamo cosa ricordo, provò. Che fosse il 31 luglio

’44, ne era sicuro. Aveva chiara la memoria di aver firmato il libro di bordo; poi la Corsica color verde secco sotto di lui, il mare blu, direzione Savoia, durata prevista quattro ore...

Seconda lettera

Ho bevuto troppo, Consuelo. Lo confesso, ho cominciato stanotte: i soldati applaudivano ogni volta che un brano musicale terminava e io volevo partecipare a quella strana allegria generale. Sudore, dopobarba e odore di preservativi usati. Mi ricordava il mondo maschile del collegio dei gesuiti, dove sono stato educato nel cattolicesimo più tradizionale e inflessibile: una disciplina degna dell'esercito, l'ora di studio supplementare per punire la minima turbolenza. C'è una mia foto en septième, credo di avertela mostrata, in cui sto in piedi con aria stoica – vestito con l'uniforme blu dei cadetti, coi bottoni lucenti – in fondo a una classe di bambini che aprono spauriti gli occhi alla incomprensibilità dei regolamenti. Immagina, Consuelo: studio fino alle sette, la fila per andare al gabinetto, il professore di geografia che si raschiava i molari col pollice in bocca, il segno della croce prima di cena, la voce nasale del prefetto a cui noi facevamo coro:

– Au Nom du Pè-ère, du Fils et du Saint-Esprit, Amè-ènne...

E le camerate gelide, i letti di ferro in cui bisognava stare sdraiati con le mani bene in vista fuori dalle coperte. E pensare che io, fino a allora, non ero mai andato a dormire senza il bacio di maman, senza sentire la sua voce tra i miei capelli:

– Que les anges t'accompagnent au paradis...

Se frugo nei ricordi, trovo che la cosa più terribile era l'imposizione a meditare con insistenza sul nostro «essere per la morte», pensiero quasi inconcepibile per un bambino di quell'età, benché adesso non ci trovi più niente di misterioso: è davvero quello che facciamo tutti noi esseri umani giorno dopo giorno. Ma, soprattutto, ciò che mi angosciava era il terrore di essere costantemente sotto lo sguardo di un Dio dagli occhi sfaccettati come quelli delle mosche,

y espinas en el corazón,

la tranquillità si poteva trovare soltanto nell'obbedienza, chiaro, perciò mi sforzavo di eseguire gli ordini, ma il regolamento per me era una tortura, probabilmente i professori avvertivano anche negli atteggiamenti che a me sembravano più docili una forma di aggressività, un anno collezionai sei «ei» e sei «i» rischiando l'espulsione,

y espinas en el corazón,

all'epoca mi avevano dato un soprannome insopportabile, Tatane, per via dei miei piedoni, lo detestavo, ancor più di quell'altro, Pique la Lune, che attirava l'attenzione sul naso a trombetta e sulla mia aria perennemente distratta, quel continuo rimprovero:

– Tonio, tu es encore dans la lune!

y espinas en el corazón,

per questo la sera in cui ti incontrai ero proprio dispiaciuto di non essere bello, non mi importava nemmeno quanti uomini fossero passati nel tuo letto, non mi disturbava, pensavo soltanto al fatto che avevo la barba lunga e la camicia sudata, *y espinas en el corazón,*

stavo lì istupidito dal nero del tuo sguardo: era come imparare a respirare in apnea, a profondità abissali, non volevo tornare più a galla.

Buenos Aires. La prima volta. Adesso so che fu il momento più importante della mia vita. Lo scambio di occhiate che si dirigono con insistenza due sconosciuti che si piacciono subito. Quanti secondi sono necessari a due corpi per desiderarsi? Quanto tempo per decidere se la persona che incrociamo andrà a aggiungersi alla lista delle persone da dimenticare o se dalla casualità dell'incontro nascerà una storia? I nostri furono sguardi leggermenti inquieti, sicuramente brevi, ma la loro durata nel ricordo pare infinita: ce li lanciammo di sottecchi durante la conversazione generale, facendo finta che tutto avvenisse per caso.

Sempre mi ha incantato guardarti. Perfino quando ti ubriacavi. Pure io a volte bevevo, anche se non tanto come te: un pilota d'aereo non dovrebbe mai prendere una ciucca, solo negli ultimi mesi ci ho dato dentro, una guerra non la si può sopportare se non hai almeno mezzo litro di whisky nello stomaco. Tu comunque cominciavi regolarmente la mattina, appena alzata, con una tazza di caffè corretto col cognac: sostenevi che serviva a ammorbidirti la voce, poi proseguivi con un bicchiere di whisky; al massimo io ti tenevo compagnia con due dita di vino rosso.

Anche la prima volta bevevi: champagne, mi pare di ricordare. Quando ti alzasti per andartene, eri così allegra che credetti di scorgere sotto quell'eccessiva vivacità una profonda tristezza. Parevi una bambina insicura.

Nell'ultima tua lettera mi scrivevi:

– He mirado las nubes en la noche como lágrimas alrededor de la luna clara,

rimugino queste parole, mi chiedo quale messaggio segreto contengano per me,

potrei dirti, per tutta risposta, che la notte scorsa, nella fessura del tendone del padiglione ricreativo, il caldo faceva maturare le stelle cadenti. E io mi sono ricordato di quand'ero piccolo: nelle notti luminose di luglio, io e le mie sorelle giocavamo in giardino «al mondo», tracciato con un pezzo di mattone sul lastricato del cortile; goffo com'ero, coi miei salti finivo sempre per volare fuori dai limiti del cielo...

Credimi, davvero avrei voluto averti vicino stanotte: il vento portava un profumo di gelsomini, lontano si udiva un cane abbaiare, per un attimo mi è sembrato che l'atmosfera sotto il tendone diventasse inquieta, però in fin della fiera i rumori esterni erano solo spuma al margine dell'onda di musica – una deriva infinita – che ci avvolgeva; ché, se avessi voluto dissolvermi nel buio, mi sarebbe bastato rimanere immobile, così, svuotato di pensieri,

la notte era una casa vuota, abbandonata,

ché la musica del tango è un'altra forma del silenzio.

Contemplo la mia solitudine su questa corriera e la trovo più profonda del solito. Allora tiro fuori dal portafogli la tua fotografia, quel primo piano pensieroso che mi piace tanto, la data dietro è illeggibile dal tanto la carta si è sdrucita a furia di essere maneggiata.

Dov'ero io nel momento in cui posavi davanti al fotografo? In volo verso Tolosa, portando posta a Dakar, inseguendo un record verso le foci del Nilo, progettando un nuovo aereo, atterrando con un idrovolante sul lago di Ginevra. A ripensarci ora, la mia vita dà l'impressione di uno strano puzzle di sgradevoli risvegli in stanze sconosciute, di amarezze, di angosce. Pezzi sparsi, come disposti a casaccio: alcuni formano quasi una storia, poi si interrompono bruscamente, più in là puoi trovare quattro cinque frammenti solitari o che si connettono a altri che non hanno però niente a che fare coi precedenti. Anni di viaggi, addii, lontananze: quando tornavo, non eri più la stessa che avevo lasciato, tu che non avresti desiderato altro che una vita lineare in una casa che fosse per sempre, magari con un bambino al collo,

y espinas en el corazón...

Sento una musica, un tango. Però com'è possibile, dato che siamo sulla corriera? Una voce di donna, roca, che canta d'amore. Una sirena? Se così fosse, forse dovrei chiedere ai miei compagni di legarmi o di riempirmi gli orecchi di cera. Dev'essere una proiezione del mio desiderio o magari un'illusione dovuta all'ubriachezza... Te lo giuro, Consuelo, sento un clarinetto che soffre una nota dietro l'altra, così com'è giusto che sia, visto che si tratta di un tango e che io ti amo,

la raison de l'amour est l'amour lui-même,

te lo dissi nella gloria di quella prima notte a Buenos Aires, quando il tuo sguardo cominciava a disegnare per me un mondo nuovo. Mi sono sempre piaciute le donne che hanno nel guardare qualcosa della dominadora. Perciò, anche se col batticuore, osai chiederti di baciarmi, di lasciare che ti stringessi, perché stavo aspettandoti da tempi di infinite malinconie, e misi il mio cuore tra le tue mani. Senza paura. Anzi, con un senso di immensa pace. Ché, fin dal primo momento, mi hai amato come una madre, dato che io di fronte alla tua esperienza ero un bambino, ogni volta che ci penso mi vengono i brividi,

– Perché piangi, Tonio?

e quando mi prende lo sconforto, mi butto a scriverti una lettera, quante lettere ti ho inviato, Consuelo, già fin dalle prime settimane: mi toccavano molti turni di volo e, siccome ogni aereo è fatto per filare dritto davanti a sé, senza nessuna vigilanza particolare, fissavo la cloche con una striscia di carta gommata per essere libero di scriverti qualche pagina. Una lettera dopo l'altra, sperando che all'arrivo avrei trovato qualche tuo biglietto, fosse pure una laconica cartolina con «Todo bien. Besos...». Lo sai, le conservo tutte le tue cartas de amor.

Talvolta te ne stupivi e mi chiedevi:

– Perché non le butti?

Ti rispondevo invariabilmente:

– Perché, quando diventerò vecchio, le metterò tutte insieme e ne farò un materasso, un'imbottita morbida per il mio ultimo sonno.

Cara, prendimi sul serio stavolta, questo non è uno dei miei soliti piagnistei,

– Perché piangi, Tonio?

Il fatto è che in questo momento tutto è così strano e difficile, Consuelo querida, e a qualcuno dovrò pur dirla questa sensazione: tu sei stata creata perché ti confessassi i miei pensieri più intimi e sconsolati, perfino i miei peccati.

Las horas que pasan ya no vuelven más
y así mi cariño al tuo enlazado
es sólo un fantasma del viejo pasado
que ya no se puede resucitar...

La voce della cantante – della sirena? perché da qualche parte ci deve essere una fantastica orchestra nascosta su questa corriera, se non è solo un'allucinazione della mia testa stanca, ma ho smesso da un bel po' di farmi domande – dà l'impressione di uscire da un fondo di rovine, da una città dopo un bombardamento aereo, da un campo di battaglia disseminato di morti.

Come mi manchi, Consuelo. I nostri primi appuntamenti, la prima notte nel mio appartamento, io:

– Aspetta, non dormire ancora, aspetta,

e tu taciturna e stellata, abbracci baci sospiri.

Perché ci siamo allontanati, Consuelo? Quando sono cominciati i primi segreti, le prime dimenticanze, le trascuratezze? Fuggivo da te, perché le tue richieste mi parevano asfissianti, trovavo mille scuse:

– Stasera ho da lavorare, farò tardi,

– Devo vedere degli amici, no, è meglio di no, gente noiosa della Compañía Aeropostal, non ti troveresti a tuo agio,

– Ho avuto una giornata da cani, non mi sento bene, non vorrei attaccarti il raffreddore,

las horas que pasan ya no vuelven más...

Sarebbe potuta andare diversamente? Non so, c'è stato un momento, a Buenos Aires, nell'appartamento 605 della Galería Güemes, in cui potevamo essere la coppia più felice del mondo. Ché solo con te ho cominciato a capire il vero senso dell'espressione «fare l'amore»: costruire l'amore, con fatica e lentamente, alzarlo mattone su mattone, pietra su pietra, arco su arco. A una condizione: che non si abbia fretta, perché il cuore ha i suoi tempi, il sentimento amoroso va coltivato con pazienza, scandito con lentezza come un verso. Non si può fare in un'ora né in una settimana. Ci vogliono anni... Perciò adesso non so darmi pace di non aver compreso allora le infinite possibilità che avevamo a disposizione. Ma è troppo tardi, inutile cercare di risalire il tempo controcorrente. Eravamo impazienti, troppo inesperti. Tu dicevi di desiderare la dedizione a un uomo e a un figlio, ma cercavi l'ebbrezza degli ammiratori o la nebbia pietosa dell'alcool per dimenticare le ore solitarie dell'attesa. Io non comprendevo quanto è sola una donna che fa dono di sé, non capivo che cosa mi guardasse dai tuoi occhi, quando ti portavo la colazione a letto e con la punta della scarpa spingevo da parte i mozziconi di sigarette, residuo delle tue notti insonni. Lo riconosco, mi comportai con leggerezza, tu ti sentisti ferita, io mi allontanai, finis. È stata solo colpa nostra: siamo stati più tempo lontani che vicini. È per questo che si muore, Consuelo: per scontare il peccato di aver proclamato di essere in due, ma oscuramente voluto essere soli.

Una notte, a New York, cominciasti a spaccare tutto. Sapevi che avevo rivisto una delle mie amiche. Stavamo nel living a bere e all'improvviso mormorasti:

– Perra, mosquita muerta,

facevi a pezzi le parole tra i denti. Un bicchiere di vino finì contro la parete. Grida mescolate a minacce e a insulti. La giovinezza era la cosa che più ti turbava di lei: lacerasti la sua fotografia con dedica che avevi trovato tra le mie carte. Io rimasi in silenzio, la tavola tra i nostri due corpi, come una faglia tra due continenti. Per un po' continuasti a rompere oggetti, però adesso ti perdevi in altre frasi che poco a poco si allontanavano dalla causa che aveva scatenato la tua rabbia, gridavi nomi e luoghi in lingue straniere spaccando bicchieri e piatti. Un ambaradàn di oggetti che volava per aria. Io immobile, a fissarti. In realtà benché comprendessi il tuo soffrire, non mi dispiaceva che, una volta tanto, fossi tu a essere così disperatamente gelosa. Quando ti passò la mattana, ti chiudesti in bagno per qualche minuto, poi tornasti nel living, pettinata e truccata. Mi offristi una tazza di caffè e la tua voce suonava come se non fosse successo niente. La pace dei bambini che ricominciano da capo dopo aver fatto crollare un castello di carte... Guarda cosa mi ha fatto ricordare 'sta musica,

...Una lágrima asomada
yo no pude contener...

Ché un tango non è mai consolazione. Inquietudine, piuttosto.

Sì, rimpiango soprattutto i primi tempi a Buenos Aires, quando ti portai a vivere nell'appartamentino sopra la Galería Güemes. Un nascondiglio da fuggitivo asserragliato: il letto, un paio di poltrone, un fornello con eterne macchie di caffè, la credenza vuota con un pezzo di pane ammuffito e scatolette di carne scadute, un armadio con tre vestiti scuri, una fila di camicie bianche e una batteria di cravatte. Certo, prima di incontrare te, quel posto lo detestavo... Ché io Buenos Aires l'ho odiata fin dal primo momento, quando ci arrivai nel '29: sai bene che non sopporto il cemento, il rumore e la folla. Ma, siccome la sede della Compañía Aeropostal Argentina stava in calle Reconquista, mi ero rassegnato a affittare quel buco al sesto piano: così uscivo dall'ufficio, oltrepassavo il più velocemente possibile il gruppo cencioso dei linyeras – visi devastati dalla cirrosi, mani tese a pretendere un'elemosina, voci da avvinazzati – che stazionavano perennemente davanti al convento de la Merced, piegavo fino a San Martín, altri trenta metri tra ambulanti che suonavano l'organetto, e infine mi infilavo di corsa nella Galería Güemes. Lo chiamavo «la topaia», quel pasaje tutto vetri e ferro e stucchi e lampioni pretenziosi; ti ricordi? Una caverna dove si gridavano le edizioni della sera coi delitti a tutta pagina e brillavano le luci della sala sotterranea con le pellicole per adulti, tra statue di bronzo che convertivano il settore degli ascensori in una escursione nel secondo impero. Premevo il pulsante con il palmo sudato, su su, fino al sesto piano, appartamento 605, affacciato sulla cupola centrale: una notte artificiale di vetri sporchi che ignorava la semplicità del cielo e del sole di fuori, in mezzo a consultori di malattie veneree e appartamenti per finte manicures con kimoni violetti. Tutto mi era estraneo, soffrivo di nostalgia, l'Argentina era l'altrove che aveva mandato in pezzi il mio vecchio mondo: perciò mi vendicavo della città facendo l'orso, limitandomi a frequentare solo piloti francesi, sfogandomi nelle lettere a maman a dire peste e corna di quella città lugubre, del grigio di quel cemento, colore di occhi annoiati e vite polverose.

A quel punto però sei arrivata tu, col tuo profumo di cannella sulle mie lenzuola, quell'aroma dolce e persistente, capace di eccitare e di insinuarsi sotto pelle, ne restavano impregnate le coperte, le salviette, anche se aprivo le finestre per cambiare aria, me lo portavo addosso quando uscivo per andare al lavoro. Un profumo così potente che bastava che tu mi chiamassi in ufficio perché magicamente – attraverso il filo del telefono? – me ne sentissi inondare,

...todo, todo se ilumina,

sapessi come è assolutamente chiara la memoria di quei giorni, nonostante la quantità di alcool che ho in corpo: effetto di questo tango che persiste nel mio orecchio, una voce encantadora che disegna dentro me l'immagine di una città lontana sulle rive di un río giallo, l'ambiente torbido di nottambuli della Galería Güemes, vous voyez ce que je veux dire, e la testa di Consuelo che riposa nell'incavo della mia spalla, la luce accesa sul comodino, lei che si passa una mano tra i capelli, riccioli scompigliati sul cuscino, parole divine.

Il chiosco
31 luglio 1944, ore dodici e vent...

Vide che gli altri si alzavano dirigendosi verso la porta. «Sosta obbligatoria», gli disse un biondino dal viso pallidissimo: Cristo sul Golgota, pensò Tonio guardandogli il braccio che penzolava paralizzato. Il destro, poveretto.

Tonio scese a malincuore. Anzi si trovò a terra praticamente senza accorgersene. Se non la pianto di bere sto fresco, pensò.

Annottava. Un luogo scuro di case basse e strade vuote: tutti i toni del grigio, come nella celluloide di una pellicola cinematografica. Intravide nella penombra un chiosco di giornali e sigarette. Forse lì poteva trovare una busta, per metterci la lettera e spedirla. Perché di una cosa era certo, la lettera a Consuelo doveva essere imbucata al più presto. Non c'era tempo da perdere: se la lettera – la più sincera della sua vita, senza i soliti trucchi – non fosse arrivata a destinazione, sarebbe stata una tragedia. Ma ci voleva anche un francobollo. Guai a dimenticare il francobollo.

Girò intorno al chiosco, scrutando oltre il vetro scuro. Pareva non ci fosse nessuno. Udì però tossicchiare dall'interno e una voce cavernosa – doveva essere un fumatore accanito – chiese: «Desidera?». Tonio rispose: «Una busta e un francobollo».

Attraverso una piccola finestrella ritagliata nel vetro, una mano ossuta e bianca gli passò quanto aveva chiesto, con l'aggiunta di un sacchetto di caramelle. «Omaggio della casa», fu la sorprendente dichiarazione che a Tonio parve di udire. La ascoltò con un certo sollievo, perché poco prima aveva messo la mano in tasca per pagare ma, invece del portamonete, ci aveva trovato solo un soldino di rame, un centesimo smunto e consumato. Oggi è proprio la mia giornata fortunata, si ripeté.

Si accostò a un tavolino su cui qualcuno aveva abbandonato dei bicchieri vuoti e un portacenere che straboccava di cicche. Sedette, rilesse quanto aveva scritto e di nuovo provò scontentezza di sé: non erano le parole giuste, non erano ancora le parole giuste. Forse qui, nella solitudine del chiosco, poteva trovare il tono adatto a un'ultima spiegazione a Consuelo.

Dài, Tonio, ci vuole coraggio. Da bravo, comincia da capo, scrivi la data in cima al nuovo foglio. Ecco così: 31 luglio 1944... Era il '17, pensò, sì, il luglio del '17, quando morì mio fratello. Ricordò che alle quattro del mattino un infermiere, che assisteva durante la notte François da quando si era aggravato, era venuto a svegliarlo dicendogli che il piccolo malato voleva vederlo. Con voce calma il fratellino gli aveva dettato una specie di testamento, lasciandogli una macchinina a vapore, la bicicletta e una carabina a aria. Pauvre François. Gli aveva sussurrato in un orecchio che non poteva impedirsi di morire: «C'est mon corps», aveva detto, come per scusarsi. Cinque minuti dopo, tutto era finito.

Morire non era poi così difficile, dunque. La pace eterna. Meglio che affrontare ogni giorno tormentosi problemi di salute, dissapori coniugali, solitudine, fallimenti. Si ripeté con fatalismo ostentato: sono pronto per morire.

Via, doveva piantarla con 'sti pensieri che non portavano a niente. Ma di nuovo lo sviò un altro ricordo: facevano esattamente trentadue anni dal suo primo volo a Ambérieu coi fratelli Wroblewski. Bell'età di sogni, l'adolescenza: le pedalate avanti indietro dall'aerodromo a casa, le ore passate a spiare i discorsi dei meccanici al Café de l'Aviation, il 14 luglio – era il 1912 o il '13? – in cui Gaston Olivares, detentore del primato di altezza e velocità, cadde durante un'acrobazia davanti alla folla... Il primo aereo su cui Tonio era salito da solo aveva un motore Gnome di settanta cavalli: adesso, a pensarci, faceva ridere tanto era antidiluviano, ma all'epoca era stata per lui un'avventura fantastica. Aveva dedicato tutta la vita agli aeroplani e ora gli venivano a dire che i suoi giorni di pilota erano contati, che era troppo vecchio per le missioni aeree. Ma senza la possibilità di volare, la sua vita sarebbe stata inutile.

Risentì il dolore atroce alla testa e alla spalla. Colpa senz'altro del volo del mattino: la scomodità del sedile, il freddo dell'altezza, la cabina non pressurizzata. L'incidente di un mese prima era stato causato da un malore: volava sul suo Lightning P-38, il 29 giugno, quando si era sentito male e, forse per un gesto sbagliato, il motore sinistro era entrato in avaria, proprio sopra Annecy; a quel punto aveva deciso di virare sulle Alpi per mettersi al riparo dall'artiglieria tedesca, poi con un vuoto in testa si era ritrovato inspiegabilmente sopra Torino, aveva ripiegato su Genova... Come aveva fatto a salvare la pelle era un mistero. Al suo superiore aveva addotto la scusa di un errore di navigazione, ma giustamente Gavoille era andato su tutte le furie, addirittura pretendeva che desse le dimissioni. Tonio comunque gli aveva tenuto testa e l'aveva spuntata. Ma fino a quando avrebbe resistito?

Altro ricordo. Un lontano giorno dei morti. Doveva essere molto piccolo. La sera della vigilia, sua madre aveva messo una piccola lampada a olio sul camino in salone. Nonostante il sonno, Tonio non riusciva a distogliere gli occhi dalla fiamma che oscillava, sensitiva e vivace, quasi una piccola lingua che parlasse in un idioma alieno che lui non riusciva a comprendere e che gli gonfiava il cuore di mistero. D'un tratto aveva avuto la nettissima impressione che suo padre fosse tornato giù dal cielo, dove la zia sosteneva che fosse volato, e che si trovasse lì nella stanza, proiettando un'ombra guizzante sulle pareti.

Decisamente, oggi la memoria mi tende strane imboscate, sospirò. Come in quelle singolari situazioni di dormiveglia, verso l'alba, quando brandelli di ricordi e di sogni ci parlano oscuramente: quasi amici capitati da noi all'improvviso per avvertirci di qualcosa di importante e di urgente, ma che non sono liberi di parlare apertamente, perché ci trovano in compagnia di estranei che devono essere tenuti all'oscuro dei fatti nostri.

Comunque il dolore sembrava di nuovo essersi acquietato. Tonio si chinò sul foglio di quaderno. Doveva scrivere quella benedetta lettera, aveva ancora tante cose da dire a Consuelo. Si guardò le mani posate sul tavolino, inerti: come ogni volta che doveva cominciare il nuovo capitolo di un libro e si ritrovava davanti alla tastiera della macchina da scrivere, in quella posizione che ha qualcosa dell'orazione silenziosa e molto di certa follia mansueta, nel volere disperatamente dare forma, attraverso le parole, a idee che esistono solo in una remota regione del cervello, tra memoria e intuizione. Perduto in questo incrocio confuso, nel terrore di non essere più capace di scrivere una riga... Succedeva sempre così: per cominciare, doveva fare il vuoto in testa. Vuoto e silenzio. Con l'impressione di essere diventato trasparente, stranamente assente, estraneo a tutto. Finché d'un tratto riapriva gli occhi, si sfregava le mani, metteva un foglio nel rullo e iniziava.

Dunque, di cosa voleva scrivere a Consuelo? Di se stesso e della passione per il volo? Già detto tante di quelle volte. Di sua madre? Forse... In effetti nelle sue lettere non si stancava mai di tirar fuori la memoria della sua infanzia: ché aveva sempre considerato quel periodo della vita come un Eden misterioso a cui solo gli adulti che fossero rimasti ancora un po' bambini potevano sperare di avere accesso. «Tu resteras toujours un enfant» ripeteva maman. Verissimo: io amo il mio amore con una A perché è ambiguo, possiede una altalena e abita in un antro; io amo il mio amore con una S, perché è sospettoso, possiede un sonaglio e abita in un solaio... Quante volte, nella rilettura della favola di *Alice nel paese delle meraviglie*, Tonio era rimasto incantato dalla soluzione che la protagonista trova davanti all'enigma della chiave: l'importante è restare piccoli, se si vogliono superare le porticine dei giardini segreti. Restare piccoli e non badare all'orologio; o, al massimo, misurare il tempo in compleanni, in estati, in natali, questo è tutto. Cercare una dimensione di vita lenta, quasi immobile, come l'atmosfera dell'Isola-che-non-c'è, dove l'unico orologio batte nello stomaco di un coccodrillo e, se ti accosti per sentirne il ticchettio, rischi che i dentaguzzi si aprano e si chiudano su di te senza lasciarti il tempo di capire che è il tempo stesso a inghiottirti... Ma anche di questo aveva già scritto e riscritto a Consuelo. O perlomeno così gli sembrava. D'un tratto aveva l'impressione di avere una memoria tutta buchi. Frammenti a cui mancava un prima e un poi. Beata l'infanzia, gli venne da pensare: c'è così poca vita da tenere a mente che uno ricorda tutto, con precisione; invece da adulti... Ma aveva sentito dire che, dopo la morte del corpo, il cervello continua a lavorare per qualche minuto; e che, per il morto, come succede nel tempo elastico e orizzontale dei sogni, quei pochi momenti possono somigliare a una eternità o perlomeno a una vita intera, cielo o inferno che sia stata. Chissà poi se era vero. A quali epifanie gli sarebbe toccato di assistere nei suoi ultimi istanti di vita?

Di nuovo gli tornò in mente Friedrich, con le sue rovine di monasteri deserti, le solitudini alpine, gli abissi nascosti. Una volta un amico gli aveva spiegato il motivo per cui in quei dipinti i personaggi maschili sono sempre rappresentati di spalle... Accidenti, perché di punto in bianco, senza alcuna ragione, gli affioravano nella testa quelle immagini? Perché sprecava tempo, mentre doveva affrettarsi a scrivere a Consuelo? Il tempo. Strano che le temps, al di là del Reno, diventi femmina, die Zeit; come il sole, die Sonne. Decisamente tra Francesi e Tedeschi non può esserci intesa. Anche la luna si fa maschio, der Mond; uguale alla morte, der Tod.

Quasi sentiva le parole volteggiare nella sua testa, suoni che parevano alludere a qualche recondito significato, immagini che si sfuocavano, si mescolavano, appannandosi, insieme al suo respiro faticoso.

Chino sul foglio, tentava di sbrogliare le fila della sua vita e gli pareva impossibile fermare quelle fuggevoli sensazioni in una breve pagina, nel movimento della mano che reggeva la penna. Ricordò che una volta un collega, Jean Israël, gli aveva mandato una cartolina con una riproduzione di Friedrich, *Le Moine au bord de la mer*. Jean era stato abbattuto nel maggio del '40 sopra Arras – morto? catturato? – eppure lo stava chiamando: come se gli fosse vicino e volesse dirgli qualcosa.

Si sentì prostrato. Era il momento della colpa – mea culpa, mea maxima culpa – e della pena segreta che sentono i sopravvissuti di una missione. I compagni caduti, poter farli rivivere in qualche modo. Anche Orfeo scende agli Inferi per liberare i suoi morti, ma Euridice non riconosce lo sposo che la va a cercare nell'aldilà, «Chi è?» chiede, «Chi è quest'uomo?», forse succede così perché i vivi invecchiano, mentre i morti rimangono fermi all'età in cui avviene il loro decesso, senza più cambiare.

Certo, si sentiva colpevole nei confronti dei suoi colleghi restati sul campo. Tombés, restés... Le deuil. Quel labirinto di intenzioni, destino o caso, che sta sotto ogni nostra desolazione. La brûlure de la douleur. Cela ne finirait donc jamais? La colpa e non l'amore è ciò che *move il sole e l'altre stelle*: era stato questo il pensiero che l'aveva spinto quella stessa mattina a sfidare i due caccia tedeschi. Ecco cosa doveva scrivere a Consuelo: della colpa, della paura e della morte. Ma sono davvero argomenti che si possono affrontare in una lettera? La morte, soprattutto, un'esperienza così intima e intrasferibile. Mica una legge universale. La mort n'appartient qu'à moi. À moi...

Una volta, ricordò, durante una delle soste tra un volo e l'altro, in Patagonia, per tutta una nottata non aveva fatto che parlare della paura di morire, seduto davanti a un bicchiere di ginebra, in compagnia del responsabile di una stazioncina sperduta della Aeropostal. A un certo punto un vecchio inserviente indio, che fin lì aveva alimentato in silenzio la stufa a legna, si era tolto la pipa di bocca, intromettendosi: «La paura è una questione di età. Quando ero piccolo così», disse abbassando la mano che teneva la pipa, «avevo paura. Allora ci parlavano dell'uomo nero e ci insegnavano a dare importanza ai presagi negativi, ai versi degli animali notturni. Gli incubi facevano trecce dei nostri capelli, quando eravamo bambini. Ma adesso i miei occhi hanno visto tante di quelle cose, e chi arriva alla mia età non può aver paura. Il Signore dei cieli e della terra può mandarti il babau, perché naturalmente può tutto, ma Lui lo tiene per un filo e, quando vede che non ne possiamo più, lo ritira indietro. Ché Colui che sta lassù sa sempre quando basta».

Tonio l'aveva guardato con curiosità e gli aveva detto, non senza ironia: «Ma io non stavo parlando di un babau qualsiasi: la paura di morire non è un timore come un altro... Se, per esempio, fosse la Morte stessa a bussare qui, a questa porta, proprio adesso, non avresti forse paura?»

«E perché mai dovrei avere paura della Morte che è questione di un momento?» aveva risposto l'indio. «Quando arriverà e mi chiederà se sono pronto, poserò la pipa e le risponderò: "Entra pure, Morte, sono qui. Ma sta' attenta e china la testa, perché la porta è bassa"...» e tossendo aveva riso.

Se morire fosse davvero una faccenda così semplice, «questione di un momento», come diceva quel vecchio...

Provava l'incredibile impressione di essere su un confine, il piede destro in un territorio, il sinistro in un altro. Diviso. Lacerato... Stringeva la penna convulsamente, sentendo i pensieri correre veloci, una fuga di attimi, e non gli veniva in mente niente da mettere sul foglio. Potrei inventarle una storia, si disse: le bugie non sono qualcosa di male, vengono dal nostro impulso a riempire i vuoti di senso, sono spesso una forma di pietà. Pensò a come la litania dei suoi personali racconti d'invenzione gli si allungasse dietro le spalle, inseparabile da lui, come la sua ombra.

Sorrise tra sé, inforcò gli occhialini e svitò finalmente il cappuccio della penna.

Terza lettera

Consuelo carissima, non ci crederesti in che condizioni mi tocca scriverti. Però non ti parlerò dello strano chiosco dove adesso la corriera si è fermata, ma di un ricordo che mi ha assalito poco fa. Mentre ero ricoverato negli Stati Uniti, dopo l'incidente in Guatemala, e mi sentivo una specie di Giona vomitato dalla balena, ho ripensato spesso al mio appartamento 605, al senso di fastidio che provavo guardando i tetti di Buenos Aires da quella finestrella: io, seduto al tavolino ingombro di fogli, piani di volo, orari di coincidenze aeree, costretto a cincischiare con la burocrazia, mentre l'unica cosa che desideravo era il brivido del volo... E adesso torno al ricovero negli Stati Uniti. Perché, vedi, il bisogno di cielo non mi è nato allora, ma nel lettino in camera di mia madre dove, da bambino, lei mi faceva dormire quand'ero malato, c'était une chance merveilleuse d'être malade: febbricitante, semiaddormentato, mi rintanavo sotto le coperte; mia madre accorreva, mi metteva la mano sulla fronte, avvertivo subito una sensazione di frescura, mi sentivo in salvo; si sedeva vicino a me, apriva un libro e il mio cuore se ne volava via... All'ospedale di Los Angeles tenevo sul comodino la raccolta delle favole di Andersen, la stessa che maman mi leggeva da piccolo aprendomi la mente alle avventure fantastiche. Ecco, sento la sua voce che mi chiama dall'alto della scalinata del castello di La Môle:

– Tonio, è pronto in tavola il gâteau alle nocciole.

Mi ricordo la volta che Henriette entrò in sala da pranzo spingendo la porta col piede, perché aveva le mani occupate dal piatto su cui troneggiava il millefoglie glassato, e Gabrielle gridò:

– Non si apre la porta col piede, è da maleducati,

e tutti risero.

Com'è possibile che i visi spariscano così facilmente dalla nostra memoria, quasi volessero ritirarsi e non essere visti, mentre una frase o un suono, al di là di tanti anni, persistono e si conservano intatti?

Vedi, Consuelo, tu non somigli per nulla a mia madre, piccola come sei, uno scricciolo scuro: a volte penso a te come a una creatura quasi irreale, magica, che vuole occupare il minor spazio possibile al mondo, e mi sento un goffo gigante malinconico, rendendomi conto di non meritarti. Ecco, so che a questo punto, leggendomi, riderai:

– Voilà, il solito ipocondriaco.

Che ce ne posso? Lo so, sono insopportabile, anche un po' maniaco, più o meno come tutti i componenti della mia famiglia. Ma come faccio a scacciare la tristezza, visto che tu sei così lontana? Ché stanotte – perché si è ormai fatto buio – per me ci sono soltanto i postumi di una sbornia e una nebbia di musica – ovviamente un tango – che mi ronza nella testa, con tutti i ricordi argentini connessi: una milonga del Bajo, sensualità a bon marché, sala piena di ombre sconosciute, e io che t'abbraccio come se volessi provocare una scenata, ti chiedo per esempio se desideri quel bel marinaio biondo là in fondo, lo sai che sono gelosissimo. Perché, se tu mi rispondessi:

– Sì, lo desidero,

il nostro stare così lontani diventerebbe semplice da spiegare. Sì, in una milonga di quelle che ci piacevano, tutto succederebbe senza bisogno di parole: figure di tango, le mie mani che cercano la tua pelle e, già dai primi gesti, dagli impercettibili brividi del mio corpo, sapresti che sto tentando di essere un racconto che rimpiazzi la lettera che non riesco a scrivere, Consuelo, che mi duole scriverti,

Golondrinas de un solo verano
con ansias constantes de cielos lejanos...

Il cielo si è scurito, te l'ho già detto; le prime stelle, grandi e palpitanti. Un gallo impazzito canta all'improvviso, chissà dove. La notte è un immenso mare, fresco e profondo, in cui cadere, lasciarsi affondare. O forse no: la notte è semplicemente la notte, le metafore si esauriscono nell'oscurità... Non so se ti ricordi, fin dai tempi in Argentina, con quanta intensità ho sempre vissuto il momento in cui il buio calava: la tensione dei voli notturni, la paura dei venti violenti, le penalità dei ritardi, quella tempesta su Trelew per cui rischiai di essere licenziato. E tu che aspettavi il mattino piangendo e prevedendo disastri.

– Topolina, non piangere: la Patagonia è piatta, se c'è troppo vento scendo di quota, senza rischiare di fracassarmi contro una montagna,

ti parlavo così per rassicurarti, oddìo, le rogne sudamericane sembrano sciocchezze a pensarci ora, a paragonarle alla missione di stamattina,

ma adesso che è sceso il buio, tutto è ormai lontano, c'è una calma liquida, un tango che viene da chissà dove a cancellare l'immagine del mare azzurro, il freddo, la paura, la sensazione di essere senza vie d'uscita, le raffiche della mitragliatrice: una specie di allucinazione mi è passata proprio adesso davanti agli occhi, colpa della stanchezza, dell'ansia che si è andata accumulando in me nelle ore passate,

– Perché piangi, Tonio?

ho voglia di posare la testa sulla tua spalla e sfogarmi in lagrime, non solo per l'amore che sentivamo, ma perché ormai non sto lì e non tornerò,

y espinas en mi corazón,

non riesco nemmeno a concentrarmi su ciò che scrivo, a condensare in queste righe ciò che mi è successo. La mia mano si agita febbrilmente sul foglio di quaderno raccogliendo brandelli di ricordi – fili, fibre mancanti – che mi esplodono nel cervello, ma inutilmente,

y espinas en mi corazón,

mi chiedo dove andrà a finire l'intensità di questa musica di tango quando il mio orecchio smetterà di udirla.

Vedi, cara, la ragazza seduta vicino a me ieri notte era proprio carina, un'ausiliaria che si chiamava Violette, lo sai che non ho mai saputo resistere a una bella donna, chi ha inventato l'harem conosceva bene le debolezze maschili. Una volta, in casa di un collezionista a Parigi, ho visto un'incisione dell'epoca di Louis XIV. Mostrava il Re Sole circondato dalle quattro donne che aveva amato e ciascuna posava la mano su una parte della sua regale persona: Mlle de la Vallière sul suo cuore, Mme de Fontanges sulla sua borsa, Mme de Montespan sul suo zizi e Mme de Maintenon sulla corona. Letteralmente beato tra le donne. A me bastano cinque minuti per cadere ai piedi di un paio di belle gambe o di un sorriso malizioso, ma non con lo stesso nostro amore, Consuelo, quando tu mi guardavi con quegli occhi di gatta,

y espinas en mi corazón,

è un coltello nel petto sapere che stai dall'altra parte del mare, magari tra le braccia di un altro, la gelosia mi fa impazzire. Una volta mi hai raccontato che, sulla nave che ti portava a Buenos Aires, Ricardo Viñes, il pianista, ti sussurrò all'orecchio:

– Consuelo, vous n'êtes pas une femme,

ne fui terribilmente geloso, quando mi raccontasti la storia, perché io lo sapevo bene che tu non eri una donna, ma una rosa,

però solo io avevo il diritto di dirlo,

rosa fresca aulentissima,

a volte una piccola rosa presuntuosa qui s'habillait lentement, aggiustando un à un ses pétales, rifiutandosi di uscire toute fripée comme les coquelicots, ah quelle tue toilettes misteriosamente interminabili che mi esasperavano, eri così insopportabilmente coquette e disarmante quando tiravi fuori le spine,

y espinas en mi corazón

perché il mondo, sostenevi, è pieno di tigri pericolose. Avevi paura a dormire con la porta aperta e io, che mai ci avevo badato, la chiudevo perché tu potessi riposare tranquilla. Si sentiva uno sgocciolio d'acqua: in cucina forse il rubinetto non era stato ben chiuso, poteva darti fastidio, ché avevi il sonno così leggero; e allora mi alzavo a controllare in modo che tu continuassi a dormire. Volevi che il tè fosse ben bollente, e io che per tutta la mia vita di scapolo mi ero limitato a riempire la teiera con l'acqua tiepida del rubinetto, correvo a mettere sul fuoco il bollitore e a riscaldare le tazze... Come le rimpiango adesso, quelle prime mattine a Buenos Aires: ancor prima di aprire gli occhi, avevo la certezza di ritrovarti vicina a me. Perfino le circostanze che ci tenevano lontani per qualche ora preannunciavano il piacere di ritrovarci insieme. La gioia dei ritorni. Tu che ridevi, ridi, riderai.

Consuelo, regina delle rose, sempre con quel tenero volto da bambina, vedi come sono stanco e vecchio, come cado in ginocchio davanti a te e bacio la terra che i tuoi piedini calpestano e abbraccio il tuo corpo fiorito,

Rosa que al prado, encarnada,
te ostentas presuntuosa
de grana y carmín bañada,

se non sapessi che tra le braccia non si stringe mai un corpo, ma la sua fuga futura, la sua assenza,

però adesso farei meglio a star zitto perché di nuovo è un tango: perdonami, y perdoname vos, perché ti amo, tanto y tanto, non sai quanto mi sono intristito senza te,

– Mi ami, Consuelo?

je ne peux te donner aucune raison de m'aimer parce qu'il n'en existe pas, ma ti ripeto:

– Lo sai che ti amo alla follia?

e tu rispondi con una voce in cui vibra una tristezza profonda:

– Sì, lo so che mi ami, Tonio, yo también te quiero.

E allora i seni di Consuelo, le braccia di Consuelo, Consuelo toda todita, mentre piango, ormai stanco, impuro, con la mia testa piena di incertezze,

ti amo, piccola rosa che gemeva sospiri contro la severità del catechismo e la legione dei peccati,

rosa da curare, da sfogliare,

avevo paura dell'amore, mi avevano inculcato fin da piccolo la coscienza del debito, non sapevo che la vita e le rose si danno gratuitamente, colorano il mondo, e questo è tutto. Ma adesso, credimi, sono uscito finalmente dall'infanzia, mi pare di vedere chiaro,

todo, todo se ilumina,

e so che le nostre incomprensioni non sono state altro che un brutto sogno, roba da riderci, niente di reale, domani mi sveglierò e noi due saremo di nuovo lassù al sesto piano della Galería Güemes, stretti stretti nel mio lettino da scapolo, torneremo bambini,

principessa delle parole d'amore,

come siamo soli e nudi, senza più maschere né travestimenti,

non voglio più volarmene via senza te, ciò che desidero adesso è soltanto la visione di bellezza di un immenso e profumato giardino di rose.

Chi lo sa, forse farei meglio a non scriverti, dovrei agire da stratega, dimostrandoti che posso fare a meno di te, che non mi importa se vivi dall'altra parte dell'oceano, che è uguale, von Clausewitz approverebbe, epperciò ieri notte ho allungato la mano verso il corpo di Violette, ho cercato la sua bocca, per dimenticarti,

– *Mi ami, Consuelo?*

Ché io all'inizio sentivo un gran rispetto per te, quasi una reverenza per il tuo ruolo di vedova di Gómez Carrillo, quel lutto cerimonioso che portavi come una regina, tu adoravi quel colore, ma io l'avrei capito solo più tardi, quando ci sposammo e tu scegliesti per te un abito nero con la veletta scura che ti copriva il volto. Bellissima e luttuosa, questo pensai la prima volta che ti vidi: una donna così giovane, così sola, eppure così femmina, non saprei come dire in altro modo. Sarà un pregiudizio, però uno non si rassegna a accettare che una donna come te possa fare a meno di un uomo in carne e sangue: c'è qualcosa di mostruoso in una donna sola, se è bella; qualcosa che rasenta l'immoralità. Perciò al salone degli Amici dell'Arte, durante il cocktail in cui fummo presentati, tu con le gambe accavallate, io così grosso e impacciato, ti dissi tutto d'un fiato che eri incantevole, che smaniavo di mostrarti Buenos Aires dall'alto e di regalarti una stella, che ti mettevo a disposizione tutti gli aereoplani che volevi:

– Je suis le chef de la Compañía Aeropostal Argentina,

e tu mi smontasti rispondendo:

– Non mi piace l'idea di volare, non sopporto gli aggeggi che vanno troppo veloci,

con quel tuo movimento così tipico di alzare la testa e di raccogliere il ciuffo di capelli dietro l'orecchio; con i tuoi occhi di carbone. Una leonessa, momentaneamente disorientata ma tesa; una bambina solitaria: questo sembravi.

Golondrinas de un solo verano...

vedi, non sono mai stato così lucido, se almeno potessi dimenticarti per un momento, mi sforzo di cancellarti, ho bisogno di pensare un po' a me stesso, di dire:

– Dio mio,

era da molto che non pensavo a Dio, ma adesso ho bisogno di chiedere:

– Perché, Dio mio? Perché io qui?

Che mi stia succedendo come a Voltaire sul letto di morte?

Aullando entre relámpagos
perdido en la tormenta
de mi noche interminable, Dios!
busco tu nombre...

Guarda un po' che buffi effetti ha su di me questa voce roca che da una grande distanza canta la letra di un tango:

mujer, si puedes tú con Dios hablar,

e sono sicuro di sì, che tu con Dio riusciresti a conversare, sfoggiando la tua parlantina. Io no. Io sono esausto,

– Mi ami, Consuelo?

Perché, vedi, per riacquistare le forze avrei bisogno che le tue braccia tornassero a aprirsi a me come petali notturni, rosa rosae rosae rosam rosa rosa, poterti fottere copulare con rabbia, verbo essere copula, le parole sporche di cui ridevamo in segreto al collegio, desiderando forme rotonde da matrona di una donna che fosse anche madre, però in sanscrito madre si dice matar, ammazzare nella tua lingua, una voce che dall'angolo della sala di cucito comanda:

– Les petits garçons bien élevés sortent sans se le faire dire deux fois,

e a tavola due mani di donna mi legano il tovagliolo al collo, cerco di prolungare il piacere quando si arriva al dessert di cioccolato, una cucchiaiata che dura minuti, con gesto lentissimo di bambino sognante, nascondo un biscotto nella tasca per gustarmelo in pace la sera, tutto solo al buio,

– Perché piangi, Tonio?

Il cane
31 luglio 1944, ore dodici e vent...

Un abbaiare furioso fece sobbalzare Tonio. Un cagnetto. Ma, si sa, sono proprio le bestie di piccola taglia a essere le più incazzose. Brutto. Un botolo col muso rincagnato, due orecchie puntute, occhietti rossi che guardavano storto, zampette magre, peli ispidi. Un cane o qualcosa che somigliava a un cane. Il Quasimodo dei cani. Spuntato dal nulla, dalla terra stessa, alla luce morticina del chiosco. Ringhiava con aria feroce. «Buono, Fliflu», disse Tonio tanto per dire qualcosa, quando era piccolo aveva avuto un cane di nome Fliflu... Dal pacchetto che gli era stato regalato al chiosco prese una caramella, la scartò – da dove vengono le ispirazioni improvvise? – e gliela lanciò. Poi un'altra e un'altra ancora. Svuotò il pacchetto. Il cane le ingoiò una alla volta, parve rabbonirsi e fece dietrofront.

Tonio rise di sé, di aver avuto per un attimo quel guizzo di spavento. Sono proprio ridicolo, si disse. Che male avrebbe potuto fargli quel mostricino? Azzannarlo? E se anche? Non aveva più paura di nulla, men che meno del dolore fisico. Quanto alla morte, poi, ci pensava con una strana indifferenza, quasi con sollievo.

Tornò a contemplare l'animale che, mentre si allontanava, si era voltato a dargli un'ultima occhiata. Il fascino che Tonio provava per le bestie, di qualunque genere fossero, gli veniva senz'altro dai tempi in cui, bambino, passeggiava per il giardino di La Môle tenendo al guinzaglio la tartaruga di maman. La notte, ogni notte della sua infanzia, aveva pascolato mandrie di elefanti, cavalcavato giaguari, volato insieme ai condor. Perfino nelle situazioni più estreme, come durante il suo forzato soggiorno in Africa, la volta che il suo aereo era caduto nel deserto, la sua passione per le bestie l'aveva portato a crearsi un piccolo zoo. Gli venne da ridere a ripensarci. Aveva cominciato con una iena. Puzzava così tanto, che Tonio era stato costretto a tenerla in un recinto, fuori dalla capanna. Poi a quella bestia se ne erano aggiunte altre: la scimmietta Kiki che gli rubava le lamette del rasoio, una cagna di nome Mirra incorreggibilmente vorace, un gatto, Paf, piccola belva in miniatura, che non la smetteva di baruffarsi con la scimmia; senza contare un camaleonte, una gazzella che si era abituata a mangiare dalla sua mano, il fennec, la volpe del deserto, più piccolo di un gatto ma con orecchie immense.

Scrutò intorno a sé, nel buio che ormai era calato fitto. Niente era più in vista. Immaginò di essere in uno dei boschi delle sue estati infantili in Provenza, con il profumo della resina che gocciava dalle cortecce dei pini a ombrella, la terra tiepida, il muschio vellutato al tocco della mano. Sognò di riudire il richiamo del cuculo: «Ogni verso ripetuto è un anno in più che ti resta da vivere», gli dicevano quand'era piccolo e lui tendeva l'orecchio rabbrividendo, come se davvero fosse in gioco il suo avvenire... Sciocchezze della credulità infantile, pensò: le bestie, beate loro, non conoscono domani.

Sì, gli animali l'avevano sempre affascinato. Ricordò quella volta, in una baia dell'estrema Patagonia: tra le rocce aveva udito un lamento sommesso; non il vento o il respiro delle onde, ma un gemito vivo. Si era addentrato tra gli scogli e aveva scoperto un cucciolo di foca – un che di grigio e rosa, morbido e irrequieto – leggermente ferito a un fianco. Si agitava, gagnolando con voce acuta, torcendosi sulle pinne morbide; il nasetto puntuto fremeva, gli occhi spalancati di paura. Tonio era rimasto dapprima a una certa distanza, parlando alla bestiola; la foca bambina rispondeva: colloquio senza parole umane, ma perfettamente comprensibile, come nelle favole. Più tardi aveva caricato il cucciolo nell'aereo che tornava a Buenos Aires; sopra il sacco della posta, tutto infagottato in una coperta, perché non patisse il freddo. Al sesto piano della Galería Güemes l'aveva tenuto per mesi, nella vasca da bagno. Ogni sera, quando tornava dall'ufficio, la foca era presa da un impeto di gioia, le grosse pieghe cascanti della sua pelle di cucciolo si tendevano nell'entusiasmo dei saluti; poi si accucciava nella vasca, battendo la coda soffice e guardando furbescamente Tonio in attesa di pesce; infine, terminato il pasto, si leccava a lungo, dondolandosi a destra e a sinistra. Il portiere, durante le sue assenze, doveva alimentarlo con pesce fresco e si lamentava del puzzo che le ceste di merluzzi lasciavano nell'ascensore.

Un manifesto vagamente surrealista era appeso alla parete del chiosco. Rappresentava un uomo il cui corpo era traversato da lampi: saliva una scalinata che pareva non avere fine, non ne aveva percorso che un breve tratto e la sommità della scala spariva tra le nuvole. C'era qualcosa di spaventoso in quell'immagine: veli di bruma al posto degli occhi e del petto.

Oltre il chiosco, nell'oscurità, oltre il sottofondo del tango che per fortuna non cessava, Tonio percepiva un brusio fremente, voci confuse che non parevano provenire da cuori vivi ma salire dagli abissi polverosi della terra. Rabbrividì.

Sul suo capo le costellazioni scintillavano. Alzò gli occhi estenuati, sentendo con una fitta di pena la grandezza e la lontananza di quel cielo che non partecipava alle piccole miserie umane: le grida non lo raggiungevano, né le bestemmie, né le preghiere. Si sentì turbato, come per una perdita irreparabile.

Rimise la mano nel taschino, ne estrasse il portafoglio con la serie di piccole foto che sempre portava con sé. Sua madre, la zia Madeleine, suo fratello François seduto su un carrettino di legno... Era passata l'infanzia in cui si poteva tendere la mano per afferrarne un'altra, quella di maman o delle regole domestiche o di Dio; ora, se la tendeva, gridando o pregando, incontrava il vuoto. Le mani che un tempo l'avevano custodito erano irrimediabilmente lontane; la sicurezza e la consolazione, scomparse.

Un'immagine che lo ritraeva con la sorella Simone e la lanterna magica di nonno Fernand. Quante serate aveva passato con quella macchina, a Tonio e a sua sorella piacevano soprattutto le scene catastrofiche: il terremoto di Messina, gli ospedali da campo, l'eruzione del Vesuvio, le alluvioni, la battaglia di Bourget nel 1870. Il fascino della morte. Quando da bambino giocava alla guerra, Tonio cercava sempre di essere ucciso. Era bello morire, e lui in quelle occasioni si dimostrava un artista: a volte cadeva come fulminato, più spesso, mentre scivolava lentamente a terra, cercava in uno sforzo supremo di sfoderare la pistola e di sparare; a volte i compagni di gioco si arrabbiavano: «Insomma, Tonio, ti decidi a morire, sì o no?» e allora la mano lasciava la pistola, il corpo finalmente si afflosciava.

Un'altra foto con la sua classe a Notre-Dame-de-Sainte-Croix. L'immagine gli strappò all'inizio una specie di amaro sorriso: era stata scattata in modo che père Auguste risaltasse in fondo, in piedi sulla pedana della cattedra. In primo piano, i banchi visti da dietro; gli alunni, dal loro posto, voltavano la testa verso il fotografo. Alla lavagna, Tonio aveva appena finito di tracciare il titolo della lezione di filosofia: «Tutti gli uomini sono mortali»; la foto lo rappresentava così, col braccio ancora alzato, il gessetto tra le dita, mentre volgeva il viso estatico al lampo del fotografo.

Avvertì una leggera vertigine contemplando il sorriso di quei ragazzini lontani. Che fine avevano fatto? Il piccoletto che fissa serio serio l'obiettivo, a braccia conserte, come un ometto? Quell'altro che allunga il collo per paura di rimanere tagliato fuori dall'inquadratura? E il biondino con quel sorriso che va da un orecchio all'altro?... Anche a loro il correre del tempo e l'orrore della guerra avevano insegnato a essere soli? Tornò a leggere, come un'avvertenza sinistra, la scritta sulla lavagna: «Tutti gli uomini sono mortali».

Infine, la fotografia di Consuelo, per darle un'ultima occhiata: perché ogni volta che la riguardava gli pareva che il viso di lei si facesse sempre più lontano? Un enigma. Come succede in certi sogni, quando si vuole urlare e non si può: il grido non esce dalla bocca ma lo si sente rimbombare nella testa, con una sensazione di vetro infranto. Forse c'è qualcosa di menzognero nei ricordi, rifletté Tonio; magari già nella realtà stessa di ogni momento che viviamo; nella maniera in cui la memoria se ne appropria e ci costruisce sopra una storia. Ripensò ai resoconti dei sogni che si era abituato a scrivere da un po' di tempo, a ogni risveglio: quando li rileggeva, qualche giorno dopo, aveva la singolare impressione di trovarsi di fronte alla testimonianza di un estraneo, qualcosa di distante e astratto, malgrado la profusione di particolari... Chissà, forse nessuno può possedere il passato in quanto passato, probabilmente è giusto così, che quanto ci sta alle spalle si consumi perché noi possiamo andare avanti. Questa espressione, consumarsi, ha qualcosa di terribile se invece di applicarla alle cose la usiamo per parlare della nostra vita, pensò. «La vita si consuma come una candela...». Non c'era nessun motivo perché gli venisse in mente una frase simile in quell'istante preciso. E allora? Sentì risuonare le parole nella testa, quasi le stesse rimasticando in bocca. Da un po' di tempo le frasi gli rimanevano appiccicate: anche se non le pronunciava a alta voce, qualcuno le sussurrava nel suo cervello. Non pensarci, Tonio, altrimenti tutto comincia a vacillare.

Rammentò l'odore di polvere e canfora degli armadi della sua infanzia: i cassetti dove si conservavano uno accanto all'altro cuffiette, trecce tagliate, occhiali, ventagli; reliquie di morti di famiglia, a cui senz'altro, uno di questi giorni, qualcuno avrebbe aggiunto qualcosa di Tonio. Perché l'ultima ora viene per tutti.

La musica continuava. Tonio era sospeso nell'ascolto, senza desiderare nient'altro se non che una nota succedesse all'altra. Era a lui solo che quel tango parlava, con frasi musicali che procedevano, parevano interrompersi, ma poi tornavano a ripetersi languide. Ché a Tonio ricordavano i modi di Consuelo, la prima notte, quando scuoteva la testa e faceva mostra di rifiutare il bacio che lui le aveva chiesto, ma i suoi occhi brillavano, e allora Tonio le aveva ripetuto la domanda, quasi solo per rivedere quel gesto di malizioso diniego, quel «no» dolcemente ambiguo. Ancora e ancora.

Però adesso gli altri risalivano sulla corriera. Già il motore ronfava. Doveva spicciarsi. Strappò un altro foglio e ricominciò a scrivere freneticamente.

Quarta lettera

Ho perduto troppe persone nella mia vita, Consuelo. Quanti sono i miei morti. Da mio padre, che «se ne volò in cielo» quando non avevo ancora quattro anni, a Jean che è stato abbattuto la settimana scorsa.

Per questo non potevo fare a meno di andare in missione stamattina, non potevi chiedermi di tirarmi indietro, il volo è la mia passione, qualcosa che va oltre l'amore stesso che provo per te. Te l'ho raccontato che da bambino realizzai un piccolo aereo con la mia bicicletta? Le ali erano di tela per lenzuoli, che sottrassi all'armadio della zia, però malgrado tutta l'energia che misi nel pedalare non si alzò mai da terra,

– Perché piangi, Tonio?

Ricordi? Spesso abbiamo avuto discussioni su quelle che io definivo «illusioni infantili», cioè la tua fede in un destino a cui nessuno può sfuggire. Adesso ti posso confessare che anch'io ho avuto il mio periodo di credenze ultraterrene, nell'adolescenza, alla scoperta dell'amore e della morte. Pensavo intensamente a quelli che erano scomparsi prima di me e mi sembrava così strano che io – questo mio corpo che proprio allora stavo scoprendo – fossi condannato a dissolvermi. Dio, a quell'epoca, diventò per me qualcosa di reale, con cui cercavo di venire a patti, tra insulti e suppliche. Di giorno ci riuscivo, ma la sera mi sentivo abbandonato e solo. Notti di terrore, vuoto di Dio e pieno di amarezza. A volte scivolavo fuori dalle coperte, fino a rimanere in ginocchio di fianco al letto, giungendo le mani,

si puedes tú con Dios hablar,

rimanevo per ore così, col dubbio di stare commettendo una stupidaggine, mentre il freddo delle piastrelle mi saliva nelle ginocchia. Cosa aspettavo? che scendesse una voce dal cielo a salvarmi? Però non avveniva nessun miracolo. Solo stanchezza, schiena a pezzi, brividi di freddo e paurosi fantasmi nella scurità intorno a me. È durato un paio d'anni. Dopodiché ho preso a rifiutare ogni discorso su ciò che non fosse concreto: volevo la realtà senza niente dietro, senza nessun significato oltre quello che si potesse vedere, toccare, annusare. Per questo ridevo quando tu mi dicevi:

– L'essenziale è invisibile agli occhi.

Ricordi? Al nostro primo incontro, mi dicesti con quel tuo modo di parlare da pitonessa:

– Scriva, Saint-Ex. Quando si scrive, si pone il dolore fuori di sé. Lo si toglie dal sangue e lo si mette sulla soglia. Il sole e il vento lo asciugano e così diviene un'altra cosa. Non è più parte di noi stessi, ma una creatura che ci ha lasciati. E dopo le doglie della nascita, viene la bellezza del mondo. Scriva!

E naturalmente avevi ragione tu, ma ancora non conoscevo davvero il mistero e la benedizione dello scrivere.

Mia bellissima rosa, sento la tua voce – è straordinariamente, ancora una volta, quella prima sera – che mi chiedeva, mi chiede:

– Mi dica, Saint-Ex, cosa le piace di più nella vita?

E io rispondo:

– La cosa che più mi piace è volare, canticchiando una musica, però il dettaglio veramente importante di queste mie fantasie è che al mio fianco, mentre guido un aeroplano, ci sia una donna.

Ché, quando quella stessa notte ti avviasti verso il mio Laté canticchiando un tango, sembravi Biancaneve diretta alla casetta dei sette nani, al di là di sette foreste e di sette montagne; non riuscivo a capire se sorridevi a me o al mondo o alle voci del salone dei tuoi amici francesi che avevamo appena lasciato. Ti feci sedere al posto di copilota accanto a me, ero su di giri e spavaldamente ti domandai:

– Embrassez-moi,

volevo un bacio, anche uno solo, ma tu ti ritraevi:

– Una donna come me n'embrasse que l'homme qu'elle aime,

allora piombai davvero nella disperazione, le mani mi tremavano; riuscendo soltanto a sussurrare:

– Non mi baci perché sono brutto,

e gli occhi mi si riempirono di lagrime,

– Perché piangi, Tonio?

già volavamo, in un attimo spensi il motore e ti annunciai, non senza una certa durezza:

– Se non mi baci, l'aereo si schianterà e così annegheremo insieme nel Río de la Plata.

Pensai davvero, nel momento in cui la mia domanda rimase in sospeso, senza una risposta, di inabissarmi nel río?

Non so. Ma tu avvicinasti le tue labbra alle mie, sussurrandomi che non ero affatto brutto, e io mi dissi:

– Ma questo è un miracolo,

e avrei voluto cantare, scoppiare in una risata, recitare un Pater Ave Gloria, ma avevo disimparato da tempo tutte queste cose, semplicemente ripresi la cloche guidando fino all'Aeroparque con una mano sola, tenendoti stretta con l'altra – l'aria che entrava dal finestrino ti alzava la gonna e ti spettinava –, desiderando che quel volo non finisse mai. Ti ricordi?

All'arrivo, smontando dall'aereo, dicesti:

– La tua guida è un po' spericolata, lo sai...

Rimasi senza fiato, sentendo che mi davi finalmente del tu. E aggiungesti con maliziosa gravità:

– Sono sicura che la prossima volta che mi porterai su uno dei tuoi trabiccoli, andrà meglio. E ricordati che io sono nata durante un terremoto, in una terra di vulcani dove, secondo la mitologia, ai tempi dei tempi le donne avevano ali.

Restai sulla pista a boccaperta. Non c'eri più, ma il tuo sorriso aleggiava intorno a me, come se il cielo intero ridesse.

Consuelo, je vous écrirai cette nuit une lettre d'amour, parce qu'il arrive que malgré tant de blessures, de mots pas entendus de vous, d'appels qui meurent contre la vitre de votre petite âme fermée, il arrive que...

Quando un mese fa mi persi in volo oltre Annecy, a un certo punto fantasticai perfino sull'idea di suicidarmi; forse, inconsapevolmente, lo desideravo. Oppure, quién sabe, Consuelo querida, mi sono immaginato tutto. Voglio dire: tante volte mi sono rivisto buttarmi a capofitto contro una postazione nemica, che mi chiedo se l'ho fatto per davvero, non so più, non ricordo, quella volta mi sono ritrovato sopra Genova, totalmente nel panico, sentendo nelle narici quasi il profumo della morte, spettinato dal vento,

con l'aereo che cadeva,

cade eternamente,

il peggio non è la morte reale – il nulla e il mai –, peggio è sentire i ricordi sfarinarsi,

sentir,

que es un soplo la vida,

chiudo gli occhi, che stanchezza, Consuelo, adesso per fortuna spira un alito di vento che mi asciuga il sudore e per un attimo sono una farfallina che una notte di luglio cerca una lampada per girarvi intorno; sono un uomo che spegne improvvisamente le luci per avvertire nel buio la pura vibrazione delle ali di quel piccolo insetto sperduto,

e l'aereo cade in fondo a me stesso,

cade nella solitudine del sesto piano della Galería Güemes, nello specchio che riflette il mio volto provato, e non so più se i segni che vedo sul mio viso appartengano all'usura del cristallo o alle mie rughe sfinite,

Sentir,
que es un soplo la vida,
que veinte años no es nada,
que febril la mirada
errante en la sombra
te busca y te nombra.

L'importante è che questo tango misterioso che aleggia per l'aria non smetta, che la tua foto continui a rimandarmi il tuo sorriso. Sai, una volta un pilota sudamericano, Lulo Cambaceres, mi disse:

– Quando un uomo ha amato follemente una donna e vuole dimenticarla, occorre che distrugga tutti i ritratti che ha di lei,

e può darsi che avesse le sue ragioni. Ma, all'opposto, Guillaumet, quando cadde col suo Potez 25 nel pressi del lago Diamante, sulle Ande, mi raccontò di aver sopportato cinque giorni di marcia nella tormenta di neve per merito della fotografia di sua moglie Noëlle. Ché negli occhi di un uomo deve sempre vivere una donna. Lo sguardo è una forma di possesso così piena, così consolante, lo dicevano già i trovatori della mia terra: farsi abitare dolcemente dall'immagine della propria donna... Così anch'io porto sempre con me la foto del nostro matrimonio: tu aggrappata al mio braccio, senza un sorriso sotto quella mantiglia nera tanto diversa dalla solita organza eucaristica delle spose, tu con l'aria di una vedova, e forse presto lo sarai, perché quella di stamattina è stata una missione spaventosa, non sai che dolori atroci sto provando alla schiena, sicuramente per colpa dell'altezza, le vecchie fratture e i reumatismi fanno il resto. Sì, lo so, sono troppo grosso, troppo vecchio. Ma ho la tua foto con me, per difendermi,

– Mi ami, Consuelo?

ché qualcosa mi rimane tra queste macerie, credo che non diventerà mai polvere: il ricordo del tuo corpo glorioso, finestra di paradiso, le mie mani che ti aprono le gambe come un frutto, il tuo ultimo sorriso prima di dormire mentre mi preparo il caffè da portare all'Aeroparque,

non aver paura, Consuelo, mi salverò anche questa volta, come un mese fa, anche se tutte le notti nelle ultime settimane mi sono svegliato urlando per l'incubo di quell'aereo che

cade traversando tutti gli spazi,

cade in un infinito roseto irraggiungibile in altro modo.

Quando abitavamo a Casablanca, odiavi quell'insopportabile città divisa tra l'arroganza dei coloni francesi e il rancore degli arabi; ti compravi una bottiglia di cognac, ti rinchiudevi nel nostro appartamento e bevevi fino a ubriacarti, avevi paura che mi capitasse qualcosa, che non tornassi più, anche tu avevi i tuoi morti,

Consuelo, mia rosa

todo, todo se ilumina,

come il Piccolo Principe dico guardando il cielo:

– Ma fleur est là quelque part...
Consuelo, che sei quasi il mio Dio
e quasi una madre severa,
ché mi fa ancora rabbrividire la tua rabbia quando mi rimproveravi le mie amiche, confesso di averne avute tante, donne a cui parlare ma di cui mai sono stato veramente innamorato, le ho desiderate, mi piacevano, erano intelligenti e affettuose, però la passione d'amore con loro non l'ho mai conosciuta, né con nessun'altra prima di te, figurati che per molto tempo ho creduto addirittura di essere incapace di provare un sentimento simile. Eppure abbiamo passato anni d'inferno, di gelosie, ripicche, noia, il tuo spazzolino da denti qui e il mio lì, mentre la delusione si trasformava in risentimento. No, non è vero, non è giusto che io dica così, io ti amo e, se mi è ancora possibile pregare, io adesso dico:

– Seigneur, sorveglia la mia rosa. Certo, ce n'est pas la peine de vous fatiguer beaucoup, Signore. Lasciatemela semplicemente com'è. Lei dans les petites choses ha l'aria vanitosa e egoista, ma nelle grandi cose è capace di dare tutto.

Sì, Consuelo, esistono altre rose, ma tu sei l'unica che amo, pur con la tua tosse bugiarda; avrei dovuto indovinare la tua tenerezza dietro le piccole astuzie femminine, invece di perdere la pazienza e scapparmene via:
les roses sont si contradictoires,
mais j'étais trop jeune pour savoir t'aimer, solo adesso ti capisco.

Mi noche triste,

com'è tutto strano in questo momento, pare che quel cielo nero lassù voglia lanciare un messaggio a me e ai miei compagni che stanno risalendo sulla corriera:

– Tranquilli, ragazzi, anche se voi domani non ci sarete, tutto è in ordine, lo è sempre stato, anche se Antoine Saint-Ex domani non girerà più per il campo d'aviazione ricordando la sua rosa, resto io come testimone, finché tra qualche millennio anch'io cadrò e svanirà il mondo, senza che a nessuno dispiaccia troppo,

la musica continua mentre l'aereo
cade nella gabbia del suo destino,
cade in una nebulosa profumata di cannella,
cade in una scacchiera di notti nere e giorni bianchi,
cade nel buio in cui già sono da chissà quando
– e un momento di tenebra pesa più di mille anni di trasparenza –

ma, sia chiaro, nessuno mi ha spinto né obbligato alla missione di stamattina, sono io che ho deciso, dipendeva solo da me.

Lo sapevo fin da ieri sera che tutto oggi sarebbe finito... Il concerto stava per terminare, il pianista ha annunciato che suonavano l'ultimo pezzo, il pubblico si è lamentato, però il musicista ha detto che tutto finisce e c'è stato un coro di risate e fischi. Poi me ne sono andato a bere l'ultimo bicchiere con quella Violetta. Non ti dà fastidio, vero? Credo che avresti riso se mi avessi visto, un poco per la sua giovinezza, un poco perché sai che nessuno tranne te può occupare un posto nel mio cuore. Se tu fossi stata presente, al massimo avresti detto:

– Ma, Tonio, cosa pensi di combinare con quella bambina?

e mi avresti augurato con il tuo sorriso da pìcara:

– Suerte. Ci vediamo più tardi su da me,

oppure avresti alzato la voce,

no, non gridare, Consuelo, non arrabbiarti, non è successo niente con quell'ausiliaria, piuttosto pensa al momento in cui ci rincontreremo nel nostro appartamento sopra la Galería Güemes per guardarci negli occhi, e sorriderci, e sfiorarci le mani.

Cuando yo te vuelva a ver
no habrá más penas ni olvido.

E tu mi dirai, mi dicevi, mi dici:

– Sei il mio grande amore,

Cara, hai visto che ci siamo ritrovati? Per sempre. Sempre. Il passato non conta più. Solo l'oggi. Anzi, questo brandello di momento.

Sentir,
que es un soplo la vida...

Consuelo chérie, soyez ma protection, faites-moi un manteau de votre amour.

Con la passione di sempre,

Tonio.

Prossima fermata

31 luglio 1944, ore dodici e vent...

Come aveva fatto a scrivere una tale quantità di pagine in così breve tempo? Inutile stare a rifletterci. Tutto comunque si sarebbe chiarito tra poco, Tonio ne era convinto. Via, imbucare. Ecco la cassetta nera con la scritta: «Corrispondenze». L'apertura pareva la bocca di un leone. Una gola spalancata. Il bronzo, nella fessura in cui si infilavano le lettere, si era schiarito, lucidato dall'infinità di messaggi che vi erano passati.

Mentre faceva scivolare la busta nell'apertura, ebbe l'inquietante impressione che alle sue spalle qualcuno ridesse di lui. Si voltò, non c'era nessuno. Che stranezze gli stavano capitando. Sulla parete laterale della cassetta una mano incerta aveva graffito un cuore sanguinante trafitto da una freccia, una A intrecciata a una C. Antoine? Consuelo? La coincidenza lo fece sorridere.

Salì sulla corriera che già aveva acceso i motori. Udì che alle sue spalle venivano chiuse le porte, un leggero clic. Percorse il corridoio bianco come se fosse in una chiesa, con un sentimento di reverenza. Quando si buttò sul suo sedile, avvertì che la stanchezza era ai limiti della sopportazione, le gambe quasi non gli ubbidivano più, tanto erano pesanti. Ho ballato troppo con quella Violetta, la notte scorsa, attento a non pestarle i piedi con le mie fettone, goffo come sono, si disse.

Si abbandonò a pensieri svagati. Con Christian e Martin, i due meccanici, prima del concerto era avvenuta una piccola scaramuccia verbale sul tema dell'immortalità. Uno scambio di battute tra il serio e il faceto. Tutto era partito da una specie di sfida, un brindisi alla morte, come sempre succedeva alla vigilia di una missione pericolosa. «A quei puzzoni che verranno dopo di noi», aveva detto Christian alzando il bicchiere. «Me li vedo già infilarsi nella mia cuccetta, ereditare il mio specchio per farsi la barba...»

«In effetti, non mi piacerebbe vedere la mia fotografia in un necrologio. La mia immagine offerta alla memoria degli altri, è roba che mi fa venire i brividi», aveva riso nervosamente Martin. «Sarebbe meglio sparire completamente, la trovo un'idea più confortante».

«E quello che lasci dietro di te? Quello che hai fatto... Vorresti davvero che fosse dimenticato?» aveva domandato Tonio.

«Ah, ecco qua che spunta lo scrittore convinto dell'immortalità dell'arte», l'aveva scherzosamente preso in giro Martin.

Tonio non aveva risposto subito. Certo, ai suoi libri ci teneva, non avrebbe voluto che fossero dimenticati. Anche se, lo sapeva bene, il mondo correva così in fretta, il tempo macinava tutto: quanti anni ci sarebbero voluti perché lo scrittore Saint-Exupéry fosse messo nel dimenticatoio? Sapeva pure che esistono eccezioni, leggiamo ancora i poeti greci, n'est-ce pas, ma quei testi antichi li interpretiamo alla nostra maniera, mentre forse quando furono composti avevano un senso completamente diverso, va a sapere. «Non voglio parlare di libri», aveva detto alla fine Tonio, pensieroso, «e neppure di quadri o sculture. Ma pensa alle grandi invenzioni tecniche: dalla radio all'aeroplano, via via sempre più indietro, fino a arrivare alla ruota o a un semplice vaso di terracotta. Cose che hanno valore, anche se il tempo passa».

Christian aveva riso scuotendo la testa ricciuta: «Bella roba. Un bel giorno qualcuno troverà il rottame del tuo aereo schiantato, e vuoi sapere cosa succederà? Finirà magari dentro un museo con la targhetta "Oggetto della metà del secolo XX, prodotto dell'industria Tale", o qualche altra boiata simile, ma mica ci metteranno il nome del meccanico che l'ha messo a punto e del pilota che lo guidava e ci è morto. Sarà esattamente come quando noi, in un qualsiasi museo, guardiamo un frammento di anfora antica. Possiamo anche figurarci che degli uomini ci abbiano bevuto del vino, seduti in circolo come noi, una sera di tanti secoli fa, prima di una battaglia. Ma cosa ci resta dell'artigiano che l'ha ideata e plasmata?»

«Resta che lui l'ha costruita. Il piacere di aver modellato l'argilla, averla cotta e dipinta...» aveva ribattuto Tonio, per poi concludere in un tono leggermente amaro: «Brindo alla brevità dei giorni umani».

«A tutti quelli che oggi non ce l'hanno fatta, soldati e bambini, puttane e santi, amanti e assassini... Ogni giorno l'elenco dei morti si allunga, di questi tempi non si muore da soli...» avevano fatto coro i due meccanici.

Un momento dopo, le luci si erano spente sotto il tendone e era cominciato il concerto di tanghi. E a Tonio era venuto in mente che, quando era scoppiata la guerra, la radio stava trasmettendo proprio una canzone argentina; all'improvviso la voce di Gardel era stata interrotta e l'annunciatore aveva dato la notizia. Già cinque anni erano passati. Nella storia del mondo, il tempo di un aggrottare di ciglia.

D'un tratto Tonio sussultò, si tirò su a sedere battendosi la mano sulla fronte: aveva sì chiuso la lettera nella busta, ma non aveva scritto l'indirizzo. Stupido che era. Nella bocca leonina della cassetta nera, vicino a un chiosco perduto nell'immensità e vigilato da un cane mostruoso, giaceva una lettera che mai sarebbe arrivata a destinazione. Gli venne da ridere: la vita è così tragicamente comica, pensò.

Prese a canticchiare il tema del tango che gli risuonava ancora nella testa. Ché vengono momenti in cui sembra che solo con la musica si possa dire qualcosa intorno alla delusione, al sogno, alla morte; ché una canzone amata, anche se ascoltata anni prima, continua a esistere nelle pieghe del nostro cervello, o forse nel cuore, o magari soltanto in quella porzione di schiena tra le scapole, giusto là dove ci spunterebbero le ali se fossimo angeli. Ci sono, pensò Tonio, persone che muoiono senza avere mai conosciuto l'amore, chiome di donna che non riempiranno mai le mani di un uomo; ma io ho avuto fortuna, l'amore l'ho conosciuto.

Ecco, così si sta quando si arriva al confine; quando si scende nel ventre di una barca per udire «la voce del tempo»; quando una madre racconta storie antiche in cui i buoni vengono premiati; quando un cucciolo di foca mangia dalla mano di un uomo e i bambini alzano gli occhi in una notte di luglio a guardare il cielo che gira e gira lentamente, mentre cadono le stelle filanti; quando si odora una rosa e si prende l'impegno di curarla per sempre; quando viene la musica di un tango e pare cadere dall'alto del tendone di un padiglione ricreativo per soldati stanchi, musica nata dallo stesso uomo che ha plasmato un'anfora antica, ma il miracolo non sta nell'autore ma in chi la riceve in dono. Così si sta, quando tre vecchie Parche alzano il loro forbicione, pronte a tagliare il refe della vita tra una chiacchiera e l'altra; quando viene l'ultimo buio di stelle non ancora contate; quando la persona amata poggia la testa accanto a te sul cuscino e tu scopri che le dolcezze possono sorgere solo dall'amarezza: ché tra il dolce e l'amaro della vita non c'è barriera come non ne esiste tra il sonno e la veglia, né tra vita e morte. Così si sta, ascoltando un vecchio indio che parla della fine con una tranquillità e una pazienza acquistata col passare degli anni; oppure specchiando il proprio viso di bambino in una fossa piena d'acqua, un pomeriggio di una calda estate provenzale.

Si era fatto silenzio sulla corriera. Un vuoto di suoni, improvviso. Con chiarezza Tonio rivide la mattinata in volo sul suo Lightning P-38, nel cielo aperto e senza fine, pieno di mondi altri; all'improvviso si era accorto di due caccia tedeschi FW-190... Da piccolo usavano con lui l'espressione «volare in cielo» per designare il morire. Volo uguale morte. Si pronunciano le parole per anni credendo, a forza di ripeterle, di padroneggiarle, senza sospettare che è il contrario. Il volo, l'esperienza che più ho amato e di cui muoio; non si muore di un incidente ma di se stessi. Sorrise, sentendo che la paura finalmente lo abbandonava.

Udì il rombo del mitragliamento, mentre l'aereo perdeva quota. Scorgeva nitidamente la costa, Nizza, Agay, contento di vedere per l'ultima volta quel pezzo di terra che tanto piaceva a maman. Poi un lancinante dolore alla spalla, oddìo mi hanno colpito, il blu del mare, l'impatto con l'acqua, luce, ombra, freddo, sempre più scuro... Fu come se il mondo si spegnesse, gli occhi gli si riempirono di una grandiosa scurità. La mort est la mort est la mort est la mort, et rien d'autre.

Negli orecchi un rombo di fiume nero. Infine la voce dell'autista: «A tutti i passeggeri, attenzione. Prossima fermata, Acheronte. Cercate nella vostra tasca la monetina per il pedaggio».

Finito di stampare nel mese di
ottobre 2005 nell'officina
dell'Istituto grafico Casagrande s.a.
a Bellinzona

Scrittori

Friedrich Dürrenmatt, *Il pensionato*
Catherine Colomb, *Castelli d'infanzia*
Laura Pariani, *Il paese delle vocali*
Hugo Loetscher, *L'ispettore delle fogne*
Max Frisch, *Fogli dal tascapane*
Robert Walser, *Poesie*
Emmanuel Bove, *Un uomo che sapeva*
Jörg Steiner, *Il collega*
Tony Duvert, *L'isola atlantica*
Emmanuel Bove, *La morte di Dinah*
Corinna Bille, *Cento piccole storie crudeli*
Max Frisch - Friedrich Dürrenmatt, *Corrispondenza*
Giuliano Scabia, *Lettere a un lupo*
Cécile Ines Loos, *La morte e la bambola*
Romain Gary, *Chiaro di donna*
Patrizia Runfola, *Lezioni di tenebre*
Maurizio Salabelle, *L'altro inquilino*
Friedrich Dürrenmatt, *La Valletta dell'Eremo*
Bernard Comment, *Il congresso dei busti*
Annemarie Schwarzenbach, *Sibylle*
Riccardo De Gennaro, *I giorni della lumaca*
Amélie Plume, *Marie-Mélina se ne va*
Michele Ansani, *Ultimi messaggi cifrati*
Catherine Colomb, *Il tempo degli angeli*
Bruno Pischedda, *Carùga blues*
Markus Werner, *Di spalle*
Cécile Ines Loos, *Un velo d'oro da sposa*
Denton Welch, *In gioventù il piacere*
Georges Hyvernaud, *Il vagone delle vacche*
Maurizio Salabelle, *Il maestro Atomi*
Jörg Steiner, *Chi balla Šostakovič*
Hubert Mingarelli, *Luce rubata*
Agota Kristof, *L'analfabeta*
Erminio Ferrari, *Fransè*
Friedrich Glauser, *Gli occhi di mia madre*
Roberto Cazzola, *Lavati le mani, Elmar*
Laura Pariani, *Tango per una rosa*